내일의 연인들

정영수
소설

내일의 연인들

문학동네

왜 이렇게 뺨이 창백하죠? 장밋빛이 어떻게 그토록 빨리 사라질 수 있나요?

— 윌리엄 셰익스피어, 『한여름밤의 꿈』

차례

우리들

정은과 현수를 알게 되었을 때 내가 스스로도 이해하기 어려울 정도로 급작스럽게, 거의 저돌적으로 그들에게 빠져든 건 당시 내가 인생에서 더이상 건질 만한 것이 없다는 생각에 몰입해 있었기 때문일지 모르겠다. 나는 회의로 가득차 있었고, 어디에서든 자그마한 희망의 불씨라도 발견하고 싶었던 것 같다. 하지만 희망이란 때때로 멀쩡하던 사람까지 절망에 빠뜨리곤 하지 않나? 아니, 오로지 희망만이 인간을 나락으로 떨어뜨릴 수 있다. 게다가 희망은 사람을 좀 질리게 하는 면이 있는데, 우리는 대체로 그런 탐스러워 보이는 어떤 것들 때문에 자주 진이 빠지고 영혼의 바닥을 보게 되고 회한의 수렁에 빠지게 된다.

정은은 책을 써서 크라우드 펀딩을 통해 판매하려는데 도움을 받고 싶다고 내게 연락해왔다. 이제는 잘 만나지 않는 나의 오래된 친구를 통해 내 연락처를 알게 되었다는 것이었다. 정은과 현수는 느슨한 릴레이션십을 유지하고 있는 커플처럼 보였는데, 자신들의 이야기를 쓰고 싶다고 했다. 그 일의 당위성에 대해서는 회의를 품지 않을 수 없었으나(나는 그런 책이 낼 만한 가치가 있다고 생각할 만큼 순진하지는 않았다) 그 무렵의 나는 스스로가 무엇에라도 쓸모 있는 존재라는 증거가 필요했고, 나의 알량한 출판사 경력을 원하는 그들이 조금은 고맙게 느껴지기까지 했다. 그들은 내가 편한 곳이면 어디든 찾아오겠다고 해서 나는 상수동에 있는 한 카페의 위치 링크를 보내주었다.

두 사람을 만났을 때 가장 먼저 받은 인상은 그들이 삶에 능숙한 사람들이라는 것이었다. 문을 열고 들어서서 내게 첫인사를 건네고 자리에 앉는 속도나 한 사람이 나와 대화를 나누고 다른 한 사람이 음료를 주문하는 과정, 본론에 들어가기 전에 던지는 간결하고 우호적인 질문들은 커피가 채 나오기도 전에 나를 안심시키기에 충분했다. 이건 나중에 그들에게도 한 이야기지만 두 사람을 만나기 전에는 자기들의 연애 이야기를 책으로 내고 싶어한다는 말만 들었을 때 일반적으로 사람들이 얻었을 법한 선입견을 가지지 않을 수 없었는데("아니, 이번에는 또 어디서 나타난 자기애자들이람?") 나는 두 사람 중 하나, 혹은 두 사람 모두가 조금은 허황한 세계관을 품고 있으며 적잖이 과장된 자의식에 사로잡혀 자신과 주변 사람들을 왜곡된 시야로 바라보는 그런 부류겠거니 하고 생각했던 것이다.

그런데 막상 만나보니 예상과는 달리 그들은 내가 그동안 알고 지낸 어느 누구보다 스스로에 대해 잘 알고 있는 사람들처럼 보였다. 두 사람과 대화를 시작한 지 얼마 되지 않아 나는 그들이 어디에서 어떻게 행동해야 하는지 알고, 누구에게 언제 어떤 말을 건네는 게 적절한지 아주 잘 아는 사람들이라는 걸 알 수 있었다. 대학을 졸업하고 세상에 나온 지 몇 년 되지 않아 아직 애송이였던 내가 보기에 그들은 아주 세련되고 근사한 커플이었다. 특히나 깊은 인상을 준 것은 현수였다. 그는 내가 그동안 살면서 만나보지 못한, 믿기지 않을 정도로 선한 얼굴을 가진 남자였다. 잘은 모르지만 그건 마치 한 번도 상처 같은 것을 받아본 적이 없고 누군가에게 상처를 입힌 적도 없는 듯한…… 어떤 결핍도 느껴본 적 없으며 어떠한 열등감도, 그 어떤 억울함이나 수치심도 없는 세계에서 살아온 사람만이 가질 수 있는 얼굴이었다.

그들은 그동안 겪은 일을 함께 쓸 것이라고 했다. 필요하다면 서로의 기억을 상기시켜가면서 그들에게 일어난 일들과 그들이 느꼈던 감정들을 재현할 거라는 이야기였다. 가능한 한 사실과 가깝게, 할 수 있는 한 진실되게. 정은은 내게 자신들이 쓴 원고를 봐주는 것 외에도 그들이 애초의 의도와 다른 방향으로 나아가고 있을 때나 작업을 하다가 그들 사이에 원치 않는 갈등(연인 관계에서 일어나는 감정 다툼까지 포함해서)이 생겼을 때 조정하는 역할까지를 부탁했다. 내가 보기에 그들이 하려는 일은 간단한 듯하면서도 불가능에 가까워 보였는데, 그 불가능성과는 별개로 일 자체는 흥미로워 보였기에 수락해야겠다고 금세 마음을 먹은 상태였다. 그러나 나는 이렇게 말함으로써 내가 쉬운 사람이 아니라는 것을 보여주었다.

"근데 그런 건 아니 에르노가 이미 쓰지 않았어요?"

"그건 소설이잖아요." 정은이 대답했다.

"앙드레 고르는요?"

"그건 일방의 편지였고요." 현수가 대답했다.

죽이 잘 맞는 커플이로군. 나는 그 문답으로 그들이 적어도 문학에 문외한은 아니라는 걸 확인할 수 있었는데, 좀더 대화를 해보니 그 정도가 아니었다. 그들은 내가 예상했던 것보다 글쓰기라는 행위에 대해, 책이라는 사물에 대해, 문학이라는 표현 양식에 대해 진지한 태도를 갖고 있으며, 작가들(특히나 그들이 편애하는)에 대해서는 거의 경외에 가까운 무한한 신뢰를 품고 있다는 것을 느낄 수 있었다. 정은은 역사상 최고의 작가로 솔제니친과 프리모 레비를 꼽았으며(그녀가 왜 그런 글을 쓰겠다고 했는지 대충 알 만했다), 현수는 톨스토이와 플로베르를 좋아한다고 했는데 그의 지나칠 정도로 맑고 선한 얼굴을 생각하면 의외라는 생각이 드는 한편 나름대로 수긍이 가기도 했다.

그들은 자신들이 쓰려고 하는 것이 문학적인 성취를 이루어낼 거라는 과대망상은 결코 하지 않았다. 그저 그 글을 씀으로써 자신들이 겪게 될 변화, 그리고 일을 끝마친 후에 남겨질 것들에 대해 현실적인 기대를 하고 있을 뿐이었다. 크라우드 펀딩을 통해 판매하기로 한 것도 그저 그 일을 이어갈 동력이 필요했기 때문이고, 독자의 존재를 상정했을 때 더욱 분명한 글쓰기가 가능할 것 같아서라고 했다. 그들은 자기들 단둘이서는 그 작업을 만족스럽게 해내지 못하거나 아니면 아예 끝마치지 못할 것 같았다고 했는데 그 생각에는 나 또한 동의하는 바였다.

나에게는 그날의 대화가 즐거웠음은 물론이고 그날의 공기, 소리, 빛, 우리를 둘러싸고 있던 모든 것이 완벽한 조화를 이루고 있었다는 기억이 있다. 느릅나무로 만든 원목 탁자와 의자들은 단단하면서도 편안했고, 창을 통해 들어온 햇빛은 콘크리트 벽을 부드러운 흰빛으로 물들이는 한편(그 빛에 환히 빛나던 현수의 올리브색 스트라이프 셔츠……), 공간을 반쯤 채운 젊은이들의 나른한 목소리와 전동 커피그라인더가 이따금씩 만들어내는 청량한 소음이 마음을 가라앉혀주었고, 차분히 돌아가는 서큘레이터가 에어컨에서 나오는 선선한 공기를 성실히 우리 쪽으로 보내왔으며……

그런데 지금에 와서 생각해보면, 그날의 분위기가 그렇게나 완벽했던가? 그들이 정말 그렇게나 아름다운 사람들이었나? 어쩌면 내가 그들을 실제보다, 그들이 그랬던 만큼이 아니라 그랬으면 하는 것만큼 아름답게 꾸민 기억 속으로 밀어넣고 있는 것이 아닐까? 아니면 두 사람이 이후에 보인 모습들, 내가 지켜봐야 했고, 지켜보기를 강요당하다시피 했던 그 일들과 내가 알던 그들의 대비를 보다 드라마틱하게 하기 위해(그래서 그들에게 더욱 철저히 낙담하기 위해) 무의식중에 설정한 일종의 장치 같은 것은 아니었을까? 나는 자문하곤 했다. 그러나 적어도 분명한 것은 그들과 헤어진 뒤 한 시간쯤 지나 받은 메시지를 보고 내가 안도감에, 아니 순간적으로나마 강렬한 행복감에 사로잡혔다는 사실이다. "오늘 즐거웠어요. 다음에는 해방촌에서 만나요." 그것은 실로 오랜만에 느낀 감정적 고양이라고 할 수 있었다. 나는 정은의 메시지를 받고 내가 그들의 면접에 통과했다는 사실을 알았다.

그때는 내가 나름대로 각오를 품고 떠난 상하이행에서 뜻한 바를 이루지 못하고 낙오자의 심정이 되어 한국으로 돌아온 지 얼마되지 않은 시기였다. 그곳에서 하던 일을 그만두고 서울로 돌아오기로 결심할 때만 해도 이것이 나를 위한 최선의 선택이라고, 잘못된 판단을 돌이키기에 지금만큼 적당한 타이밍은 없다고 스스로를 설득했고 그건 거의 성공했지만(결국 서울로 돌아왔으니까) 막상 돌아와서는 금세 깊이를 알 수 없는 패배감에 빠져들었다. 아무런 소득 없이, 어쩌면 삶에서 가장 중요한 시기였을 일 년을 그곳에 버리듯이 팽개쳐두고 돌아온 것이 나의 인생 자체를 실패작으로 만든 것 같았고, 앞으로 더이상 어떤 일도 제대로 해내지 못할 것만 같은 기분이 들었다.

그런 시기가 처음은 아니었다. 전공이 적성에 안 맞는다는 이유로 앞뒤 가리지 않고 어디서 났는지 알 수 없는 용기로 대학을 그만두었을 때(그러나 나는 곧 공황 상태에 빠져 허겁지겁 편입 학원을 찾았고), 졸업 후 오랜 기간 매달렸던 언론사 입사 시험을 포기하기로 결심했을 때에도 내 삶이 돌이킬 수 없이 망가졌다는 생각으로 절망에 빠졌다. 하지만 나는 그럴 때마다 자기혐오인지 자기애인지 알 수 없는 감정에서 기인한 듯한 마조히즘의 도움을 받아 그 일들로 인해 고통받으면서 동시에 그 참담함을 즐겼다. 그것은 나의 장점이자 단점인 지독한 낙관주의와 만성적인 우울증이 결합해 만들어진 결과물이었고, 그래서 상하이에서 돌아온 후에도 무기력에 몸을 맡긴 채 우울과 비관을 곱씹으며 달콤한 회한에 잠겨 하루를 보내곤 했다.

상하이로 떠날 때 혼자 살던 서교동 집을 정리했기 때문에 나는 은평구 신사동에 있는 어머니 집을 임시 거처로 이용하고 있었다. 어머니는 내가 독립하고 나자 이제 혼자 사는데 넓은 집이 무슨 소용이냐며 나와 아버지가 남기고 간 짐을 모조리 치운 뒤 방이 단 두 개뿐인 작은 아파트로 이사해버려 나는 거실 구석에 깔아둔 매트에서 지내야 했다. 그러나 시장에서 대충 고른 싸구려 매트나

딱딱한 팔걸이가 있는 이인용 소파 위는 회한에 잠겨서 하루의 대부분을 보내기에 마땅한 장소가 아니었다. 나는 해가 높이 뜨면 어쨌든 밖으로 나와 스타벅스나 모교 도서관을 전전하며 시간을 보냈다. 주로 노트북을 들고 나가 구인 사이트를 보는 둥 마는 둥 하다가(더이상 출판 일은 하지 않겠다는 굳은 의지로 사람인이나 잡코리아 같은 일반적인 구인 구직 사이트만 둘러보았는데 도무지 기웃거려볼 만한 곳도 없어서 나는 더욱 슬퍼졌다) 몇 년째 연락 한 번 주고받지 않은 옛 친구들의 인스타그램을 처음부터 끝까지 다 훑는다거나 새 트윗도 올라오지 않는 타임라인을 계속 새로고침 한다거나 하면서 인생을 낭비하다가 도서관에 가서 나처럼 삶에 실패한 인물들이 나오는 소설을 읽었다. 삶에 실패하는 인물이 나오는 소설을 찾는 것은 그다지 어렵지 않았다. 서가에서 아무 책이나 뽑으면 거기에는 처참하게 실패한 인물들이 있었다. 가끔가다 밑도 끝도 없이 명랑한 인물이 나오는 소설(이를테면『그리스인 조르바』같은)도 있었지만 대체로는 원하는 책을 얻을 수 있었다. 어떨 때는 참을 수 없이 외로워져서 아무 기억이나 붙잡고 그것을 한참 동안 그리워하기도 했다. 그러고는 어느 정도 시간이 지나면 언제 그랬냐는 듯이 그것들을 까맣게 잊어버렸는데, 그러다가 다시 또 무언가를 그리워하고……

그 그리움의 상자에서 가장 많이 꺼냈던 것은 아이러니하게도 연경이었다. 그러고 싶지 않았지만 어쩔 도리가 없었다. 그녀는 내가 상하이로 떠나는 데, 더이상 서울이라는 곳에 하루도 더 머물 수 없는 심정이 되어 새로운 장소에 대한 열렬한 갈망을 품고 실제로 이곳을 떠나기까지 하는 데 거의 직접적인 원인을 제공한 인물이었다. 나는 그녀와 관련된 모든 것에서 멀어지고 싶었는데, 대학 시절부터 그녀와 함께 보낸 오랜 시간, 나에게는 평생에 가깝게 느껴지는 그 시간들에서 헤어나오지 않고 다시 삶을 시작한다는 건 불가능하다고 생각되었기 때문이다. 연경을 처음 만났을 때만 해도 나는 타인과 관계 맺는 일에 서툴렀고 누군가와 그렇게나 길고 고단한 감정적 투쟁을 할 수 있다는 것은 상상도 해보지 못한 어리숙한 학생일 뿐이었다. 하지만 삶에서 그런 일이 충분히 일어날 수 있다는 사실을 알고 있었더라도, 새로운 자극이나 찾아보려고 놀러간(어떻게 보면 그 '새로운 자극'이라는 걸 찾아낸 셈이긴 했다) 타 학교 축제에서 우연히 알게 된 여학생이 나의 삶(특히 감정적 영역에서의 삶)에 이렇게나 지대한 영향을 끼칠 거라는 걸 어떻게 알 수 있었을까? (당연히 정은이 내게 연락을 해왔을 때 역시 나는 아무것도 예감하지 못했는데, 그렇게 생각하다보면 그런 걸 미리 알 수 있는 사람이 누가 있겠는가, 하는 생각을 하게 되고 곧이어 우연인지 운명인지 알 수 없는 삶의 무자비함에 아득한 무력감을 느끼게 되는 것이다……)

연경을 그리워하는 날들을 보낸 것도 그때가 처음은 아니었다. 우리는 사 년 동안 연인으로 지내다가 내 군입대를 계기로 헤어지게 되었는데, 제대 후에도 그녀를 완전히(일단은 그렇게 말해볼 수 있을 정도로) 잊는 데까지 꽤 오랜 시간이 걸렸고 그전까지는 틈날 때마다 그녀를 그리워했다. 그 시기의 감정에는 물론 어느 정도 타당성이 있었다. 적어도 나는 우리가 스스로의 선택이 아닌 불가항력적인 상황에 의해 이별을 맞이한 것이라고 믿었고, 그런 사연에는 그때만 해도 이십대였던 나의 감성을 자극하는 어떤 비극의 요소가 있었던 것이다. 우리는 거의 모든 처음을 나눠 가졌으며 거기에는 육체적인 것보다 감정적인 것이 훨씬 더 큰 비중을 차지했다. 우리는 첫 애정과 첫 질투를 공유했고 첫 환희와 첫 쾌락과 첫 증오와 첫 환멸과…… 그 밖의 많은 것을 주고받았다. 그래서 나는 이미 어떤 운명적인 끈이 우리를 꽁꽁 묶어버려서 그것이 옳은 방향이든 아니든 우리는 결국 함께할 수밖에 없다는 생각을 하기에 이르렀던 것이다. 그리고 이윽고, 우리는 자그마치 오년이라는 시간이 지나서(그동안 나는 서너 번의 연애에 실패한 뒤였다) 다시 연인이 되었지만 그녀와의 재회는 내가 그리움에 잠겨 상상하곤 했던 애틋한 만남과 전혀 다른 모습이었고, 그것은 애틋하다기보다는 참혹한 모습이었으며, 우리는 잔인할 정도로 서로에게 가혹했던 몇 년을 보낸 뒤 애정과 증오가 뒤엉켜 더이상은 서로를 그리워할 수 없을 정도로 엉망진창이 되어 헤어지지도, 헤어지지 않지도 못한 채 누군가가 대신 우리를 완전히 끝장내주기만을 기다리는 상황에 처하고 말았다. 한번 그런 방향으로 진행된 관계는 다시 좋은 쪽으로 나아갈 기미가 보이지 않았으며 결국 내가 상하이로 떠나고 나서야 우리는 서로에게서 벗어날 수 있었다.

그런데 내가 연경을 그리워한다니? 그것은 어쩌면 내가 철이든 이후에 한 그 어떤 일보다도 우스운 일이었지만 나는 그러고 있었다. 마치 기억상실증에 걸린 사람처럼 다시 그런 멍청한 짓을 하고 있었다. 그러면서 동시에 그녀와 함께했던 시간 중 (나의 무의식이 조심스럽게 기억의 지뢰밭을 헤쳐 선별해낸) 가장 안전한 추억들을 떠올리는 스스로에 대해 소스라치게 놀라곤 했다. 그럴 때마다 나는 그리움에 시달리면서도 그 시기는 이미 지나갔으며 내가 그리워하는 것들은 실제로 더이상(어쩌면 애초에 단 한 번도) 존재하지 않는다는 사실을 상기하려 노력했다. 그래서 그리움의 바다에서 허우적대다보면 나는 더욱 외로워졌고, 그러면서 또다시 무언가를 그리워하고……

이런 상황이었으니 내가 정은과 현수를 기억하는 방식을 결정짓는 데 연경이라는 존재가 큰 역할을 했으리라고 생각하지 않을 수가 없다. 아니 좀더 정확하게 말하자면 나는 연경이라는 사람 자체가 아니라 나와 연경이 관계 맺던 방식과 그 두 사람의 관계 형태에서 극적 대비를 발견한 것이었다고 볼 수 있다. 서로를 사랑한다고 여겼던 연경과 내가 서로에게 서로를 주장하며 충돌했던 순간들은 격렬했으며 그만큼 부풀려졌고, 강렬한 고통과 함께 알 수 없는 쾌감(위태로운 관계에서 오는 긴장과 해소의 반복이 주는 조금은 중독적인 형태의)을 수반했다. 때로는 고통인지 쾌감인지 구별할 수조차 없었던 감정의 무조건적인 분출들, 폭발들!…… 우리가 사랑이라는 성스러운 이름으로 자행한 가학적 행위들은 거의 피로 물든 십자군 전쟁이나 다름없었다. 우리는 끊임없이 비난하고 오해하고 실망하고 항변하고 항복하고 용서했다. 그리고 마침내 상하이로 향하는 항공기에 앉아 만 피트 상공에서 나는 콜레트의 『여명』을 읽다 말고(그 책이 내게 어떤 영향을 주었는지 분명히 알 수는 없지만) 불현듯 속으로 이렇게 외치며 그녀에게서 영원히 벗어나기로 결심했던 것이다. 그래서 사랑은? 그럼 이제 사랑을 내놔봐. 그건 대체 어디 있는데?

그런가 하면 정은과 현수는 내가 언젠가 막연히 나에게도 도래할 것이라고 기대했던 삶, 진짜 어른의 삶을 살고 있는 것처럼 보였는데, 무엇보다 그들이 맺고 있는 관계에서 그랬다. 그들은 서로를 완전한 독립체로 대하면서도 끊을 수 없는 강한 유대를 맺고 있었고 그것은 사랑과 신뢰를 기반으로 한 아주 단단하고 영속적인 결합으로 보였다. 그건 내가 구체적으로 그려보지는 못했지만 만약 그런 것이 존재한다는 사실을 알았다면 그렇게 되기를 바라마지않았을 완벽한 형태의 관계 같았다. 그들은 나보다 겨우 두세 살 많을 뿐이었지만 나는 두 사람이 마치 나보다 한 세대는 위의 사람들인 것 같다고 생각했다. 유행에 뒤처졌다거나 고리타분해서가 아니라 두 사람이 내가 그래왔고, 그러고 있는 것보다 이 세상을 훨씬 더 많이, 잘, 속속들이 '활용'하고 있다고 느꼈기 때문이다.

그처럼 '완전한 어른'으로서의 그들을 떠올릴 때마다 나는 자연스럽게 우리가 만나곤 했던 공간을 함께 떠올리게 된다. 녹사평역에서 그늘 한 점 없는 언덕길을 땀을 주룩주룩 흘리며 걸어올라 찾아가곤 했던 해방촌의 카페는 그들만의 아지트였다. 오래된 복층 주택을 개조한 그 건물 중앙에 위치한 아르데코풍의 육중한 나무문을 열면 소름이 돋을 정도로 서늘한 공기가 순식간에 몸을 감쌌고, 나는 고불고불 연결되어 있는 작은 방들 사이에 규칙 따윈 없이 숨겨져 있는 층계를 올라 그들이 늘 차지하고 앉아 있던 삼층의 구석방으로 갔다. 그러면 현수는 내게 얼음조각이 가득 든 차가운 커피를 내밀었는데 스트로를 입에 물고 몇 모금 들이켜고 나면 어느새 더위는 사라지고 땀에 젖어 등에 들러붙던 셔츠는 다 말라 있곤 했다. 매번 햇빛이 비치지도, 매번 그만큼 덥지도, 그리고 매번 그처럼 눈부시지도 않았을 해방촌에서의 날들이 내게는 그런 이미지로 남아 있었다. 그 나무문을 밀고 들어설 때 나는 어떤 차원의 문을 통과해서 그들이 존재하지 않던 세계에서 그들이 존재하는 세계로 이동하는 듯한 느낌을 받았다. 문을 열면 펼쳐지는 청명한 벽빛…… 눈이 멀 듯 짙은 그 초록……

나는 그들의 과거사, 그러니까 그들이 내게 써서 보여주는 이야기에 대해서는 묻지 않았다. 그들도 그 이야기는 꺼내지 않았고, 서로 말로 하지는 않았지만 그것은 우리 사이에 있던 거의 유일한 근로 협약이라고 할 수 있었다. 그래서 나는 그들의 이야기가 적힌 글을 읽으면서 그 속에 있는 인물들이 다름 아닌 바로 그들이라는 사실을 충분히 실감하지 못했다. 그들이 사설 인문학 강좌에서 고대 그리스 철학 수업을 듣다가 가까워졌고, 수업이 끝난 뒤에도 서로 책을 빌려준다는 좋은 핑계로 따로 만나 차를 마시고 함께 전시를 보러 가며 점점 가까워지는 이야기는 내게 그들이 함께 쓰는 소설 속 이야기처럼 느껴지기까지 했다. 글 속의 남자는 보수 성향의 메이저 일간지에서 기자로 일하고 있지만 내 눈앞에 있는 현수는 그저 제국 시대 한량처럼 보일 뿐이었고, 글 속의 여자는 한 문화교류재단에서 코디네이터로 일하고 있는데 정은은 왠지 어린 나이에 임용된 영문학과 교수님 같은 느낌이었던 것이다. 하지만 그랬기 때문에 나는 오래전 출판사에서 편집 일을 하던 때처럼 어느 정도 거리를 둔 채 그들의 원고를 읽고 고쳐나갈 수 있기도 했다. 그들은 내가 읽는 것이 조금 느려진다 싶으면 이렇게 말하곤 했다. "왜요, 재미없어요? 이 부분 좀 지루하죠?"

두 사람과의 만남이 이어지면서 나는 그들이 나를 대하는 방식이 빠르게 달라지고 있다고 느꼈다. 그들은 작업을 도와주는 외주자보다는 그들과 함께 한 시절을 보낼 친구로서 나를 원하고 있는 듯했다. 두 사람은 보여줄 원고가 없을 때에도 맥주를 마시자거나 드라이브를 가자거나 하면서 나를 불러내곤 했다. 그들에게는 차가 없었기 때문에 우리가 했던 드라이브라는 건 택시를 불러 종로나 북악산 자락을 한 바퀴 돌고 다시 해방촌으로 돌아오는 식이었고, 우리는 마치 친구의 차를 얻어 탄 것처럼 편하게(늘 앞좌석에 탔던 현수는 뒷좌석의 나와 정은을 마주볼 수 있을 정도로 몸을 옆으로 틀었다) 수다를 떨었다. 그러나 그들이 나를 필요로 하는 만큼 나 또한 그들을 필요로 했던 것도 사실이다. 솔직히 말하면 나는 그들과 함께 있는 것이 즐거웠고, 그들과 더 가까워지고 싶었으며, 그들의 일부가 되고 싶었다. 나는 종종 스스로가 느끼기에도 그들에게 과도할 정도의 애정을 품고 있다고 생각했다. 그것은 어쩌면 내가 그들의 내면(그들이 보여주는 원고를 통해)과 외면(그들과 물리적으로 함께하는 시간의 양에 비례해)을 모두 소유하고 있다는 착각에서 비롯된 유대감 때문인지도 몰랐다. 나는 연경을 비롯해 어떤 사람도 그런 방식으로 소유해본 적이 없었다. 그렇다 해도 우리 셋이 그러한 관계가 되기를 먼저 바랐던 것은 그들이었다는 생각을 하지 않을 수가 없었는데 그건 정은이 네번째 원고, 두 사람에 관해 내가 전혀 예상하지 못했던 의외의 사실이 담겨 있는 원고를 넘긴 것이 그들에 대한 나의 애착이 충분히 가시화되어 그들도 그것을 느꼈을 게 분명해졌을 무렵이었기 때문이다.

정은은 여느 때와 같이 해방촌의 활엽수림에서 프린트된 원고를 내게 건넸는데, 이번 원고는 평소보다 오랫동안 고민하고 다듬은 흔적이 역력했다. 거기에는 내가 그들에 대해 알아야 할 가장 필수적인 사실이 할 수 있는 한 조용하게, 전혀 대수롭지 않은 것처럼 자연스럽게, 최대한 극적이지 않은 방식으로 서술되어 있었다. 하지만 도리어 그러면 그럴수록, 그녀가 글 안에서 딴청을 피우면 피울수록, 뒤로 물러나면 물러날수록 그 글이 보여주고 있는 진실, 그러니까 그들이 결혼한 사람들이라는 사실, 밤 열한시가 되면 해방촌의 안전가옥에서 퇴장해 서로의 가정으로 돌아가야 한다는 사실, 그곳에는 정은을 맞이하는 또다른 남자가 있고, 현수를 기다리는 아내와 세 살 된 딸아이가 있다는 사실을 더욱 드라마틱하게 드러낼 뿐이었다.

나는 그 원고를 읽으면서 내가 그동안 그들에게서 숱하게 보아왔던, 누구에게나 호감과 신뢰를 줄 만한 여유롭고 자신감 있는 미소가 이제는 거의 보이지 않을 정도로 희미해진 것을 보았고, 그들이 긴장한 채, 어떤 간절함을 품은 채 나를 바라보고 있다는 걸 느꼈다. 나는 그제야 그들이 나를 찾은 이유를 분명히 알 수 있었다. 그들은 오랫동안 오직 둘만이 존재했던 세계에 이제는 그들에게 동의해줄 타인이 필요하다고 느꼈으며 그게 그들의 세계가 지속될 수 있는 하나의 방법이라고 생각했던 것이다. 그들은 어떤 유적도 역사도 없는 그들의 애처로울 정도로 빈약한 세계를 증언해줄 목격자를 원했고, 최후의 순간에 그들의 편에 서줄 동조자를 원했으며, 점점 커져가는 그들의 죄책감을 함께 나눌 공범을 원했다.

　네번째 원고에 담긴 내용이 내게 적잖은 충격을 준 것은 사실이었다. 그러나 그 글을 읽고 난 후 나의 태도가 특별히 바뀐 것은 아니었다. 아니, 아무것도 바꾸지 않음으로써 우리의 관계가 전과 다른 양상으로 완전히 바뀌었다고 말할 수도 있을 듯하다. 나는 이전과 마찬가지로 원고의 내용에 대해서는 반응하지 않았다. 우리는 평소처럼 소설에 대해, 영화에 대해, 미술에 대해, 그 밖의 모든 것에 대해 이야기를 나누었지만 그 내용에 대해서만은 입을 열지 않았다. 물론 나는 원고를 읽은 뒤 피드백을 했고, 어떤 부분을 어떻게 다듬으면 좋겠다느니, 이 부분에서 전달력이 조금 떨어진다느니, 한 꼭지의 분량이 너무 길다느니 하는 소리를 했지만 그 속에 들어 있는 가장 중요한 내용에 대해서는 아무 말도 하지 않았다. 그러는 한편 나는 그들에게 직접적이지 않은 방식으로, 전보다 더욱 호의적으로 행동함으로써 내가 두 사람에게 여전한 애정을 품고 있음을 알리려 애썼다. 나는 내가 새로 알게 된 사실에 대해 전혀 신경쓰지 않으며 당신들에게 윤리적 지탄을 가할 생각이 추호도 없고 앞으로도 당신들의 편에 설 것이라는 뜻을 전달하고자 했다. 그것은 거짓이나 배려가 아니었다. 오히려 나는 네번째 원고를 읽은 후 전보다 더 그들에게 끌리게 되었는데 그것은 그들이 나와 다른 차원의 '진정한' 삶을 경험하고 있다고 여겼기 때문이었다. 두 사람이 외도를 하고 있다는 불온하고도 엄연한 진실은 그때의 나에게 그들이 그저 그런 연인 관계가 아니라는, 그들의 사랑이 지천에 널린 흔하디흔한 애정이 아니라 위험과 고난을 (심지어 죄의식마저) 함께 나누며 이어나가고 있는 숭고하기까지 한 행위라는 것을 증명해줄 뿐이었다. 그것을 알고 있는 사람이 나밖에 없다는 사실도 그들에 대한 유대감을 더욱 강화해주었다. 두 사람이 그 험난한 상황에서 감정적으로 의지할 수 있는 대상은 오직 나뿐이었다. 나는 그들의 일을 전보다 더 열심히 도왔는데, 그건 그들이 자신들의 이야기를 쓰려고 했던 데에 애초에 내가 기대했거나 염려했던 것보다 더 충분한 명분과 설득력이 있다는 걸 알게 되었기 때문이었다.

그 일이 내게 준 영향 중 하나는 나도 글을 쓰기 시작했다는 것이었다. 그들이 자신들에 대해 쓰는 것처럼 나는 연경과 나에 대한 글을 쓰기로 마음먹었다. 그리고 그것을 연경에게 보낼 생각이었다. 연경에게서 도망치듯 상하이로 떠날 때, 물론 무언의 합의가 없었던 것은 아니지만 분명하게 서로의 뜻을 전했던 것이 아니었기 때문에 우리의 이별은 조금 어정쩡한 형태였던 게 사실이다. 정은과 현수를 보면서 나는 연경과 나의 관계를 정리할 필요를 느꼈으며 우리가 대체 왜 그런 식으로밖에 지낼 수 없었는지 서로에게 해명해야 한다고 생각했다. 그녀의 생각을 알고 싶은 만큼 나 또한 그녀에게 나의 생각을 분명하게 전달하고 싶었고 그러려면 우선 내가 그녀와의 긴 만남을 통해 어떤 것들을 느껴왔는지 알아야 했으며 그 방법은 역시 글쓰기뿐이라는 생각이 든 것이다. 그리고 내 글의 독자가 될 수 있는 사람은 연경뿐이었다.

그러나 막상 글을 쓰는 건 쉽지 않았다. 어디서부터 시작해야 할지 알 수가 없었고, 일단 시작을 해도 그것이 완전히 잘못되었다는 생각과 함께 다른 방식의 도입이 계속해서 떠올랐던 것이다. 어떻게든 글을 이어나가다보면 그때 정말 그랬었나? 하는 의문이 들고, 글을 쓰다가 나의 기억이나 감정이 바뀌기도 했다. 어떤 때는 내가 너무 공격적인 어조로 말하고 있다는 생각이 들다가 또 어떤 때는 지나치게 변명을 늘어놓고 있다는 생각이 들었다. 이를테면 나는 이렇게 썼다.

"잘 지냈니? 너의 인스타에서 종종 개를 데리고 산책하는 사진을 봤어. 그동안 네가 잘 지내는지, 아니면 그렇지 않은지 주시하고 있었다는 말을 하려는 건 아니야. 오히려 네가 개를 데리고 한강공원을 즐겁게 산책하는 사진을 보아도 더이상 내 마음이 나빠지지 않는다는 사실을 말하려는 거야. 상하이에서 나는 가끔 내가 이곳으로 유배를 와 있는 건 아닌가 하는 생각을 했거든. 원래 있던 자리에서 예전 그대로의 삶을 유지하고 있는 너의 사진들을 보면 화가 치밀어오를 때도 있었어. 사실 매일 화가 났지. 언제나 화가 났어. 상하이에서의 내 생활이 그다지 만족스럽지 않았던 탓도 있었겠지. 사촌형이 하고 있다는 의료기구 사업은 그다지 잘 흘러가고 있지 않았어. 잘 흘러가지 않을 뿐만 아니라 올바른 방향으로 가고 있지도 않았어. 내가 보기엔…… 애초에 성공이란 걸 기대할 수 없을 만큼 절망적이었어. 무슨 대단한 결과물을 바라고 그곳으로 갔던 건 아니었지만 떠나기 전 적어도 거기에서는 내가 쓸모 있는 사람이 될 수 있을 거라는 기대가 없었던 것도 아니거든. 네가 숱하게 얘기했던 대로 나는 한 번도 스스로에게 온전히 권리나 책임을 쥐여줘본 적이 없으니까. 나는 늘 도망칠 구석을 만들어두었어. 변명할 여지를 두었지. 그래서 이번에는 조금 다른 삶을 살아보고자 했던 거야. 그런데 나는 한 달이 지나기도 전에 그곳에 질려버리고 말았어. 그건 내가 결국 그곳에서 철저한 실패를 경험할 거라는 사실을 직감했기 때문이야……"

나는 한 문단이 끝나기도 전에 이야기가 딴 길로, 쓸데없이 비관적인 방향으로 빠져들고 있다는 걸 깨닫고는 쓰기를 멈췄다. 심지어 연경의 일과는 상관도 없는 이야기였다. 나는 다시 썼다.

"상하이에서는 시간이 많았어. 그래서 나는 가장 최근에 있었던 일, 그러니까 우리가 함께 겪은 비극에 대해서 생각할 수밖에 없었지. 너도 알다시피 그곳은 유구한 역사와 찬란한 미래가 있는 곳이잖아. (적어도 겉으로 보기에는 그렇지.) 나도 상하이에 처음 방문한 많은 사람이 그러듯이 황푸강 동편의 눈부신 마천루와 서편의 유서 깊고 광대한 정원에 감탄했어. 그런데 어느 날 와이탄의 강변을 걷던 도중 그것들이 모종의 강박으로 축조된 것들이라는 사실을 깨달은 거야. 내가 보고 있던 건 조악한 전통과 빈약한 미래뿐이었던 거지. 적어도 내가 느끼기에 상하이에는 진정한 의미에서 시대란 존재하지 않았어. 심지어 현대조차도 없었지. 오로지 몰취향이 만들어낸 키치함뿐이었어. 거기에서 우리의 관계를 환기하는 무언가를 발견하는 것이 어려웠을까? 우리가 맺어온 관계를 상징하는 건 상하이가 가지고 있는 어떤 면이 아니라 그곳에 부재하는 무언가였어. 우리가 가지지 못했고 가질 생각조차 하지 못했던……"

나의 글은 겉돌고 있었다. 나는 그녀에게 직접적으로 말해야 했다. 허황된 상징이 아니라 날것 그대로의 목소리로. 그러나 정작 글을 쓰기 시작하고 나서 깨달은 건 내가 연경에게 무슨 말을 하고 싶은지는커녕 스스로 그녀에 대해 어떻게 생각하고 있는지조차 정확히 알지 못한다는 사실이었다.

나는 그것을 알기 위해 끊임없이 글을 썼다 지웠다. 애초에는 그녀와 나에 대해 시작부터 끝까지, 정말이지 알파와 오메가를 몇 장이 되었든 구구절절 써볼 작정이었지만, 나는 열흘이 넘어가도록 제대로 된 한 문단도 만들어내지 못했다. 그래도 일단 날이 밝으면 책상에 앉아 뭐라도 쓰려고 노력했다. 글은 점점 연경에게 보내는 편지에서 스스로를 돌아보는 형태로 변해갔다. ("나는 그녀로 인해 고통받으면서 동시에 그 참담함을 즐겼다……") 나는 의도나 형식이나 수신인보다 그저 어떤 것들을 상기하는 방식으로 글을 써내려가고 있었다. 그것은 무언가를 해명하거나 설명한다기보다는 그 일을 다시 경험하는 일에 가까웠으며 그 경험은 또다른 해석을 불러일으켰고 그래서 나는 나에 대한, 그녀에 대한, 우리가 겪은 일들에 대한 기억을 끊임없이 수정해야 했다.

정은이 붉은색 혼다 세단을 몰고 내가 있는 곳까지 찾아온 건 내가 그런 식으로 수십 장의 글을 쓰고 지우고 다시 썼다가 치워두기를 반복하는 작업에 몰두해 있을 때였다. 그녀는 내 어머니가 종종 앉아 담배를 피우곤 하는 아파트 단지 입구의 등나무 그늘에 서서 나를 기다리고 있었다. 내가 나오자마자 그녀가 꺼낸 말은 글쓰기를 그만두고 싶다는 것이었다. 내가 왜 그러느냐고 묻자 그녀는 더이상 글을 쓸 이유가 없어졌다고 했다.

"다 끝났어. 현수가 집으로 돌아갔어."

나는 정은의 얼굴을 살폈지만 그녀의 감정을 알기가 어려웠다. 불안해하고 있는 것 같기도 하고 화가 난 것 같기도 했으며 어딘지 다급해 보이는 듯도 했다. 어쨌든 평소의 자애로운 모습과는 전혀 다른 모습이었다.

"싸웠어요?"

"우리는 싸우지 않아. 우리는 싸워본 적도 없어."

"정말이에요?"

"그래, 우린 한 번도 싸운 적이 없어."

"그럼 대체 뭐가 어떻게 된 건데요?"

"그냥…… 다 끝났어."

"뭐가 다 끝났다는 거예요?"

정은은 그러고도 한참 동안 똑바로 말을 하지 않아 나를 속 터지게 했다.

"그럴 때 있잖아. 한창 물놀이에 빠져 있다가 뒤를 돌아보았는데 해안이 까마득히 멀어 보일 때. 돌아갈 수 없을지도 모른다는 생각이 들 때……" 이런 식으로 추상적인 비유를 늘어놓는가 하면, "사실 우리는 처음부터 알고 있었어. 책을 쓰기로 하기 전부터, 그러니까 널 만나기도 전부터 말이야" 같은 알 수 없는 소리를 하기도 했다. 그렇게 한동안 본론으로 들어가지 못하고 머뭇거리다가 그녀는 이렇게 이야기를 꺼냈다.

"지난주에…… 지난주에 우리는 너무 멀리까지 가버렸어. 지난주라니, 그 이후로 몇 달은 지난 것 같은데 그게 불과 일주일 전이라는 게 믿기지가 않아."

정은은 우리가 그녀의 차를 타고 드라이브를 갔던 날에 대해 말하고 있었다. 그녀의 말처럼 우리는 결코 멀리 가지 않았다. 적어도 물리적으로는. 우리가 간 곳은 택시를 타고 종종 다녀오기도 했던 북악산 자락일 뿐이었다.

그날 그녀는 처음으로 차를 몰고 왔다. 도장이 군데군데 벗겨지고, 손잡이를 돌려서 차창을 내려야 할 만큼 연식이 오래된 차였다. 나와 현수는 그 차가 누구 것인지 묻지 않았다. 그 이유는 우리 모두 듣지 않아도 그것이 누구의 것인지 알고 있었기 때문이다. 오히려 우리는 (적어도 나는) 그동안 왜 그 차를 한 번도 몰고 온 적이 없었는지 묻는 편이 더 자연스러웠겠으나 그 역시 하지 않았다. 그저 아무 말 없이, 신나하며 그 붉은색 혼다에 올랐을 뿐이었다. 그날 우리 셋은 여느 때와 다름없이 즐거운 시간을 보냈다. 평소와 다른 점이라면 우리가 평소보다 더 즐거운 시간을 보냈다는 것이었다. 우리는 왠지 모를 이유로 들떠 있었다. 그것이 문제라면 문제였을까? 우리는 자동차 바퀴의 마찰음을 뚫고 들어오는 매미와 풀벌레 울음소리를 들으며 한밤의 북악산 스카이웨이를 달렸다. 정은이 급커브길에서 속도를 줄이지 않고 핸들을 꺾을 때마다 현수와 나는 즐거운 비명을 질러댔다. 우리는 잠시 앉아 있을 만한 장소를 찾기 위해 부암동 골목길로 들어갔고, 모두 그곳은 초행이어서 가게는 하나도 보이지 않고 온통 주택들뿐인 어두컴컴한 골목을 오랫동안 헤맸다. 그러다가 차가 뒤로 넘어갈 것만 같은 가파른 언덕이 나타나 중간쯤에서 올라가기를 포기하고 식은땀을 흘리며 한참을 후진해 다시 경사가 완만한 길로 나왔을 때, 어둠 속에서 노란빛을 내고 있는 선술집을 발견한 것이다.

그곳은 테이블이 서너 개뿐인 아주 작은 선술집이었는데 오래된 책들이 벽을 가득 메우고 있었고 모서리에 비스듬히 세워져 있는 전축에서는 팔십년대 건전가요가 흘러나오고 있었다. 우리는 그곳을 아주 마음에 들어했으며, 거기로 우리를 인도한 하느님과, 북악산의 산신과, 낡은 혼다에 깃든 요정에게 감사하며 아사히 생맥주를 마셨다. 운전을 해야 하는 정은을 빼고 현수와 나는 맥주를 서너 잔 마셨지만 술보다는 그곳의 분위기와 우연이 준 일탈의 기운에 취해 있었다. 그런데 평소보다 좀더 목소리를 높여 문학과 삶에 대해 논하고 있던 중 현수가 충만한 기쁨에 가득찬 목소리로 이렇게 말했다.

"우리 매년 여름마다 여기 올까?"

우리가 단 한 번도 이야기해본 적 없는 다음 여름에 대해 이야기할 만큼 현수는 그곳이 마음에 들었던 것이다. 우리가 단 한 번도 이야기해본 적 없는 다음의 다음, 또 다음의 여름에 대해 이야기할 만큼 현수는, 그리고 우리는 그날의 분위기가 좋았던 것이다. 그 이후 잠시 동안, 결코 길지는 않았지만 모두가 느낄 수 있을 정도로 분명하게 정적이 흘렀다. 매해 여름이란, 이런 아름다운 계절이 한 번도 아니고 두 번도 아니라 셀 수 없이 많이 지속될 여름이란 우리가 감당하기에는 너무나 아득하고 눈부신 말이었다. 그동안 우리가 종종 나누기도 했던 조금은 과장된 약속들과 달리 그건 우리 모두를 미몽에서 깨울 만큼 강력한 주문이었다. 물론 그 짧은 정적 이후에 우리는 다시 활기를 되찾았고, 문학과 삶에 대해 목소리를 높였지만 그뒤로는 모든 게 공허하게 느껴질 뿐이었다. 그 주문이 내게 준 실감은 언젠가 우리가 서로를 잃

을 거라는 것이었고, 그 상실에 대한 두려움만큼 내가 그들을 사
랑하고 있다는 사실이었다. 그러니 그때 느낀 공허함은 다른 누구
의 것이 아닌 분명 나의 것이었다. 그 공허함은 정은의 것이고 현
수의 것이었지만, 그만큼이나 나의 것이기도 했다.

"너를 내려주고 집으로 돌아가는데 왠지 울음을 참을 수가 없
었어. 네가 차에서 내리는 순간부터 주체할 수 없이 눈물이 나더
라. 너한테 겨우 손을 흔들고 집으로 향했는데, 도저히 운전을 할
수가 없어서 갓길에 차를 세워놓고 한참 동안 소리내 울었어."

나는 뭐라고 대답해야 할지 몰라 가만히 있었다. 그녀가 내 앞
에서 울음을 터뜨릴지도 모른다는 생각이 들었지만 그러지는 않
았다.

"그러고는 안 되겠다고 생각했지. 더이상 이런 식으로는 안 되
겠다고."

"그래서요?"

"집에 들어가자마자 남편한테 모두 말해버렸어."

"어디까지요?"

"전부 다."

나는 그녀가 말하는 '전부'가 무엇인지 모두 알 수는 없었지만
그녀가 남편에게 말했을, 아니면 말해야 했을 최소한의 이야기가
무엇이었는지는 알 수 있었다. 그녀는 또한 그 사실을 바로 현수
에게 알렸다고 했다. 현수는 당황하지 않고, 오히려 담담한 말투

로 앞으로 힘들어지겠네, 라고 대답했다는 것이었다. 누가? 모두가. 뭐가? 전부 다.

"며칠 동안 우리는 그 어느 때보다도 많은 이야기를 나눴어. 하루종일, 다음날도, 그다음날도, 매일매일 우리는 끝없이 이야기를 했어. 내 남편은 의외로 담담했어. 현수가 있는 해방촌까지 나를 차로 데려다줄 정도로."

"이제 해방촌이 낯설게만 보여. 그리고 그만큼 현수도 낯설어 보여. 단 며칠 사이에. 이상하지?"

"그곳에서 우리가 가장 많이 한 말이 뭔지 알아? 사랑한다는 말이었어."

"아마 다시는 그 말을 할 수 없으리란 걸 알았기 때문이었겠지."

"그렇다면 그 말은 뭘까?"

"다시는 할 수 없는 말."

"다시는 말할 수 없는 사랑이란 말은 뭘까?"

나는 때로 사랑이라는 건 그 자체로 의미를 품고 있지 않은, 그저 질량이 있고 푹신거리는 단어일 뿐이라고 느끼곤 했다. 나와 연경이 서로에게 사랑한다고 말한 순간을 세어보면 얼마나 될까? 우리는 서로가 그 말을 그 자체로서 받아들이지 못할 때뿐만 아니라 심지어 그 말을 제대로 듣고 있지 않을 때조차 마치 우리 사이의 빈 공간을 메우려는 것처럼 그 말을 쏟아냈다. 구멍이 뚫린 튜

브에 계속해서 호흡을 불어넣는 것처럼. 그러나 우리의 말들이 완전히 무의미했다고 할 수 있을까? 우리라는 공간을 채우기 위해서 더이상 아무 뜻도 남지 않은 언어라도 멈추지 않고 채워넣는 것 외에 무엇을, 형체를 잃어가는 우리가 우리를 유지하기 위해 그 일 외에 더 무엇을 할 수 있었을까?

그 이후에 내가 할 수 있는 일은 없었지만 나는 한동안 현수를 만나는 일에 집착했다. 그에게 무슨 말이라도 들어야 한다고, 내가 그들에게서 완벽히 유리되어 예전처럼 누구와도 연결되지 않은 온전한 나로서 살아가려면 누군가가 분명한 목소리로 이 모든 관계에 종언을 고해야 한다고 생각했던 것 같다. 그러나 그는 정은의 남편이 그들에게 허락한 시간, 관계를 정리하기 위한 마지막 일주일을 보낸 뒤에는 정은은 물론이고 나와도 만나려 하지 않았다. 그는 전화로 그 이후 있었던 일에 대해 충분히 설명해주었지만 나를 보기는 힘들 것 같다고 했다. "너를 보면 정은이 떠오를 거고, 난 아마 견딜 수 없을 거야."

나는 그 모든 일이 이렇게 당황스러울 정도로 맥없이 끝날 수는 없다고 생각했다. 정말 이게 다야? 이게 끝이야? 그들의 세계는 이렇게 사라져버릴 만한 게 아니었다고, 내가 그 해방촌의 언덕을 올라 도달한 세계는 이런 게 아니었다고 나는 생각했다. 그러나 그에게 무슨 말이든 하려고 하면 할수록 그들의 세계에서 나는 완전한 이방인일 뿐이라는 사실만 깨달을 뿐이었다.

나는 거의 두 달이 지나서야 현수를 만나게 되었다. 그날은 바람이 많이 부는 날이었고 꽤 쌀쌀했으며 심지어 바닥에는 갈변한 낙엽마저 몇 개쯤 떨어져 있어서 이젠 가을이라고 하지 않을 수 없는 계절이었다. 시청 앞에서 만난 그는 밤색 카디건을 걸치고 있었고 그래서인지 낯선 사람처럼 보였다. 나는 하마터면 그를 알아보지 못할 뻔했다. 어쩌면 사람은 계절마다 다른 얼굴을 지니고 있는 것일까, 하는 생각을 하면서 그를 보았는데 계절이 어떻게 되었든 그가 가진 선한 얼굴만은 여전했다. 현수는 내게 사과를 건넸다.

　"미안해."

　그는 그 말을 하러 나왔다고 했다.

　"뭐가요?"

　"모르겠어. 어쨌든 다."

　"그동안 뭐하고 지냈어요?"

　"아무것도 안 했어."

　그는 힘없는 미소를 지어 보였는데 나는 어쩐지 그 미소가 비겁하다고 생각했다. 그렇게 선한 얼굴로 그렇게 기운 없는 미소를 지어버리면 내가 그를 원망한다는 사실이 마치 올바르지 않은 일처럼 느껴지니까. 그러나 사실 나는 내가 그를 원망하는 것이 올바르지 않은 일이라는 것 정도는 이미 알고 있었다. 어떤 사람들이, 어떤 세계가 있었고 이제는 존재하지 않는다. 여름은 지나갔다. 그해의 모든 태풍이 소멸했고, 모든 매미는 울음을 그쳤고, 아이들은 모두 물에서 나왔다. 그게 다였다.

"글을 계속 써요." 나는 그에게 말했다. 미리 생각하지도 않은 말이었는데 나도 모르게 몇 번이고 그 말을 하고 있었다. "당신들의 이야기를 쓰라고요." 물론 나는 그가 그러지 않을 거라는 걸 알고 있었다.

이제 와 돌이켜보면 내가 현수와 무슨 이야기를 나누려고 했던 것인지 알 수가 없다는 생각이 든다. 그에게 사과를 받으려던 것도 아니고 그들에게 글을 이어 쓰라고 강요하려던 것도 아니었다. 아마도 그를 만나 무언가를 확인하거나 기다리기 위함이라기보다는 그저 어떤 시기를 연장시키고 싶었던 게 아닐까 싶다. 나는 온전히 나로서 존재하고 싶었던 것이 아니라 오히려 온전히 나로서 존재하게 되는 걸 피하고자 했던 것 같다. 꽤 오랫동안 무엇이 나를 그렇게 만들었나 돌이켜보았지만, 그건 옳은 질문이 아니었다. 오히려 무엇이, 그들이 나를 그렇게 만들 수 있도록 했는지가 더 나은 질문이었던 것 같다.

그들에 대해 쓰게 된 건 나였다. 나는 연경에 대해 쓰다가, 그녀를 생각하면 생각할수록 정은과 현수에 대해 쓰지 않고 연경과의 일을 복기하는 것은 불가능하다는 사실을 깨닫게 되었다. 그런가 하면 정은과 현수에 대해 쓰면서 연경에 대해 쓰지 않는다는 것은 모든 것을 무의미하게 만드는 일이었다. 나는 현수를 만나고 돌아온 후로 우리에 관한 글을 쓰기 시작했다. 물론 그 글 또한 끊임없는 다시 쓰기의 과정만 거칠 뿐 도무지 완성되지 않았고 여전히 그러고 있는 중이지만, 그 일이 나에게는 도움이 된다. 만약 어떤 식으로든 글을 완결 짓게 된다면(그런 일이 일어날 가능성은 매우 희박해 보이지만) 나는 그걸 연경에게 보낼 생각이었는데 이제는 그게 좋은 생각인지 알 수 없어졌다. 이미 그 일들은 연경에게서 아주 멀리 떠나왔기 때문이다. 모든 것이 끝난 뒤에 그것을 복기하는 일은 과거를 기억하거나 기록하는 것이 아니라 오히려 재해석하고 재창조하는 일이니까. 그것은 과거를 다시 경험하는 것이 아닌 과거를 새로 살아내는 것과 같은 일이니까. 그러나 읽을 사람이 아무도 없는 글을 쓰는 것은 생각보다 고독한 일이다. 그래서 어느 날 나는 글을 쓰다가 어쩌면 내가 영원히 혼자일지도 모른다고 생각했고, 그게 문득 참을 수 없이 두려워졌다.

내일의 연인들

내가 한때 머물렀던 남현동 산자락의 조용하고 아늑한 빌라의 소유주는 선애 누나와 그녀의 남편으로, 두 사람은 그곳에서 오 년 정도 결혼생활을 한 뒤 파경을 맞이했다. 그 시기 나는 이십대 후반의 대학원생이었고, 만에 하나 잘되면 이렇게 될 수도 있겠다 싶은 미래에 대한 그럴듯한 전망도 없이 그저 온전한 현재자現在者로서 존재하고 있었다. 말하자면 오늘만 살고 있었다는 뜻이다. 내가 그 집에 들어가게 된 이유는 뭐랄까, 부동산 시장의 침체 혹은 서울 사람들의 다세대주택 비선호 현상 때문이라고 해야 할까? 오 년 만에 내게 전화를 걸어온 선애 누나는 형식적으로 안부를 좀 묻는가 싶더니 본론에 들어가기 전에 난데없이 이렇게 말했다. "정안아, 너는 빌라 말고 꼭 아파트 사……" 나는 밑도 끝도 없는 그녀의 말에 이 누나가 회사 관두고 아파트 분양사무소라도 차린 건가, 요즘 떴다방 같은 거라도 하나, 같은 생각을 하고 있었는데 그녀는 곧이어 다음과 같은 말을 해서 나를 혼란에 빠뜨렸다.

"나 이혼해…… 아니, 이미 했어."

지금의 나라면 연관성이 별로 없어 보이는 두 문장에서 연결점을 찾아내 그녀가 말하고자 하는 바가 무엇인지 바로 알아차렸을지 모르겠지만, 아직 세상 경험이 일천했던 그때의 나는 도대체 무슨 소리인지 이해를 하지 못했다. 내가 뜻을 캐치하지 못하자 그녀는 조금 머뭇거리면서 자초지종을 설명했다. 결국 하고자 하는 말은 급히 집을 팔아야 하는데 아무래도 빌라라서 안 팔리는 것 같으니 팔릴 때까지 집을 대신 봐달라는 것이었다. 이혼 신청 후 재산 분할을 위해 곧바로 집을 내놓았지만 숙려 기간이 다 지나도록 팔리지 않았다고 했다. 선애 누나는 먼저 방을 구해 나간 (전)남편을 대신해 그동안 혼자 집을 지켰는데 얼마 지나지 않아 그들이 공유했던 삶의 흔적이 그대로 남아 있는 그 집에 머무는 일에 지쳐버렸고, 결국 본가로 들어가기로 했다는 말이었다. "그런데 안 그래도 안 나가던 집이 사람까지 안 살면 어디 나가겠니?" 그러니까 매수자가 나타날 때까지 화분에 물도 주고, 누가 집을 보러 오면 문이라도 열어주고 할 만한 사람이 있었으면 좋겠는데 마침 그 집이 내가 다니는 학교랑도 가깝고……

"너희 어머니한테 들어보니 너 요즘…… 공부한다며?"

그다음에 그녀가 하고 싶었겠지만 생략한 말은 듣지 않아도 충분히 짐작할 수 있었는데, '그러니까 요즘 특별히 바쁜 일은 없을 거 아니니'였을 것이다. 사람들은 소속을 가진 인간 중에 대학원생이 가장 한가하고 하찮은 부류라고 생각하는 경향이 있으니까 (아주 틀린 생각은 아니지만). 어쨌든 오 년 전 결혼식 이후로는 완전히 감감무소식이어놓고는 느닷없이 그런 부탁을 한다는 게 좀 괘씸하긴 했지만, 그 무렵 막 지원과 연애를 시작해 나(우리)만의 공간이 절실했던 나에게는 썩 나쁜 제안은 아니었다. 나쁜 제안은 아니라니? 사실 오래전부터 지긋지긋한 집구석에서 벗어나고 싶어 안달이 나 있던 나에게는 그 정도가 아니라 거의 기적 같은 일이었다. 거기다 그렇게 되면 경기 남부에서 서울까지 통학하던 나는 길바닥에 내버리던 이동 시간을 매일 한 시간씩은 단축할 수 있었다. 그래서 나는 그녀가 혹시 제안을 취소할세라 전화를 받고 일주일도 채 지나기 전에 옷가지 몇 벌과 필요한 책들만 챙겨서 재빨리 그 집으로 들어가게 된 것이다.

그 집은 경사로에 위치한 작은 빌라촌의 끄트머리에 있었다. 그 말은 선애 누나의 집이 가장 높은 곳에 있었다는 뜻이다. 그곳에 도착할 때까지 나는 '그린힐'이니 '힐사이드'니 '동양힐스빌'이니 하는 이름이 붙은 빌라를 백 개쯤 지나쳐야 했다. 그래도 도착하고 보니 때마침 집 주변에 몇 그루 있는 목련이 만개해 보기에는 그럴듯했다. 집 옆에는 산으로 들어가는 길이 있었는데 그때는 몰랐지만 나중에 알고 봤더니 이 부근에서는 꽤 인기가 있는 등산로가 시작하는 곳이었고, 반시간 정도 들어가면 규모는 크지 않지만 나름 분위기 있는 사찰까지 있었다. 그곳은 그때까지 내가 평생을 살아왔던 곳과는 영 딴판의 동네였다. 나는 지저분하고 번잡스러우며 좁은 골목들이 버려진 그물처럼 엉켜 있는 곳에서만 살아왔던 것이다. 그곳은 작은 동네치고는 길이 널찍했던데다가 일정한 간격으로 플라타너스가 심겨 있기까지 했다. 나는 금세 그 동네가 마음에 들었다. 그곳까지 올라가는 지옥 같은 경사로가 없었다면 더 좋을 뻔했지만……

　메모해온 비밀번호를 눌러 현관문을 열고 그 집에 들어섰을 때 나는 조금 놀랐는데, 집안의 풍경이 예상한 것과는 달랐기 때문이다. 구체적으로 어떤 모습을 상상했던 것은 아니지만 막연히 황량한 느낌을 주는 공간을 기대(혹은 각오?)하고 있었던 것 같다. 그런데 마침 오후의 노란 햇빛이 거실에 한가득 쏟아져들어와 있어서였는지 집은 아늑했고, 잠시 산책 나간 집주인이 금방이라도 돌아올 것처럼 생활의 온기를 고스란히 품고 있었다. 두 사람이 집을 나갈 때 그곳에서 사용하던 물건을 전혀 챙겨가지 않은 모양이었다. 육인용은 되어 보이는 커다란 우드슬랩 식탁이며 드럼세탁기는 물론이고 전기오븐, 무선청소기, 블루투스 스피커, 헤어드라이어(덕분에 내가 챙겨온 것까지 드라이어는 두 개가 되었고)…… 필요한 건 뭐든지 다 있었다. 심지어 서재로 사용됐을 것으로 보이는 방에는 적어도 수백 권쯤 되는 책들이 원목책장에 가지런히 꽂혀 있었다.

선애 누나는 전화로 거실과 발코니에 있는 화분들(생각보다 많았다)을 어떻게 관리해야 하는지(물은 대야에 하루 이상 받아놔야 하고, 그것도 그냥 주기적으로 주는 게 아니라 잎이나 흙을 만져보고 식물들의 상태를 가늠해봐야 하며……), 부동산에서 연락이 오면 어떻게 해야 하는지(집을 깨끗이 유지하는 것도 그렇지만 누군가 왔을 때 집안의 모든 전등을 켜두는 게 더 중요하다고 했다), 그리고 집안에 있는 각종 전자기기들의 사용법 등등을 알려주었다. 나는 그녀에게 여기 있는 물건들은 다 이대로 둘 거냐고 물었다. "응. 아무것도 안 가지고 나올 거니까 그냥 네 집이라고 생각해." 선애 누나는 이렇게 대답했고, 그렇게까지 말하니 일단 안심하고 정말 내 집처럼 생활하기로 했다.

나는 며칠간 집안에 틀어박혀 시간을 죽이며 나름의 적응기를 보냈다. 막 새학기가 시작된 무렵이었기 때문에 느슨해진 몸과 마음을 가다듬어둘 필요가 있었다. 그 집에서 지낼 때 나는 익숙한 느낌과 생경한 느낌을 동시에 받았는데 그건 그 집이 절반은 선애 누나의 것이었고, 절반은 오 년 전 결혼식 때 멀찌감치서 잠깐 얼굴을 본 것 외에는 아는 바가 없는 남자의 소유였기 때문이었던 것 같다. 결혼한 뒤로는 어쩌다보니 연락 두절과 다름없는 상태로 지내긴 했지만 대학에 들어가기 전까지만 해도 나는 선애 누나의 집을 내 집처럼 드나들곤 했던 것이다.

그녀는 내 어머니의 친한 친구의 세 딸 중 하나로 나보다 여섯 살이 많았으며 우리 형제와 그들 자매를 통틀어 가장 연장자였기 때문에 어린 시절에는 그녀가 우리의 보모나 다름없었다. 그녀는 키가 크고 똑똑했으며 때때로 또래 아이답지 않은 카리스마를 발휘해 우리를 휘어잡아 부모들의 신뢰를 한몸에 받았고, 그래서 어머니들은 우리 모두를 그녀의 지휘 아래 한집에 몰아넣고 편히 외출하곤 했다. 우리는 내 형과 선애 누나가 각자의 가정을 마련해 분가하기 전까지 한 동네에 살았는데, 몇 년간은 담 하나를 사이에 두고 나란히 놓인 집에 살기도 했을 정도였다. 그런 이유로 그녀와 나는 의도치 않게 서로의 일생을 지켜봐온 셈이 되었다. 그러니까 나는 선애 누나의 어린 시절 꿈이 영부인이었던 것, 학창 시절에는 일본의 비주얼록 밴드에 미쳐 전국 팬클럽 회장까지 했던 것, 대학생 때에는 연극배우가 되고 싶어했으나 중요한 순간에 대사를 잊어 공연을 망친 이후로 무대공포증에 걸려 연극 이론 쪽으로 방향을 틀게 된 일 등을 알았고, 고등학생 시절 PC통신 동호회에서 알게 된 첫번째 남자친구 이후로 어떤 남자들을 만나왔는지도 세세히 알고 있었다. 특히 결혼 전 그녀가 만난 마지막 남자친구와는 우리 가족들 모두 꽤 가깝게 지낸 편이었는데, 다른 게 아니라 선애 누나가 사고로 병원에 입원했을 때 그가 항상 그녀의 곁을 지켰기 때문이었다. 그 사고로 말하자면……

……정말이지 끔찍한 사고였다. 그 일을 떠올릴 때마다 나는 어김없이 실제로 몸에 소름이 돋곤 하는데 어쩌면 내가 실제로 겪거나 목격한 게 아니라 전해들은 이야기여서 더 유별나게 반응하는지도 모르겠다. 나는 마치 옆에서 직접 목격이라도 한 것처럼 그 장면을 머릿속에 생생히 그려낼 수 있었다. 그건 내가 아는 사람이 겪은 일 중 가장 황당한 사고였고, 선애 누나를 아는 사람이라면 그 누구도 그녀가 그런 실수를 할 수 있으리라고 상상조차 해보지 못했을 일이었다. 아니, 그녀가 아니더라도, 누가 자기 방 창문에서 옆 건물 옥상으로 뛰어넘어가려다 추락하는 바보 같은 짓을 저지를 수 있으리라고 생각하겠는가. 그녀는 그 순간에는 아무 문제 없이 쉽게 넘어갈 수 있을 것만 같았다고 했다. 실제로 그렇게 생각할 만큼 두 건물이 가깝긴 했다. 거기다 선애 누나는 중학생 때 학교 대표로 육상대회에 나갈 만큼 운동 능력이 좋기도 했고…… 그런데 문제는 그녀가 그날 술을 너무 많이 마셨다는 데 있었다.

선애 누나가 그런 무모한 짓을 하게 된 연유는 너무 사소해서 (상황의 심각성에도 불구하고) 웃음이 나올 정도였다. 이미 친구들과 한잔을 하고 머리끝부터 발끝까지 취해 자정을 넘겨 집에 들어온 날 또다른 친구들이 그녀를 호출했는데, 그녀는 나가고 싶기도 했지만 거실에서 곤히 자고 있는 어머니를 깨우고 싶지도 않았다고 했다. 효심에서 비롯된 세심한 배려가 선애 누나를 두 빌라의 좁은 틈 사이로, 무려 사층 높이에서 곧장 바닥으로 떨어지게 한 걸 생각하면 운명의 잔인함에 겸허해지지 않을 도리가 없는 것이다. 어쨌든 그녀는 그 사고로 두 다리에 심각한 복합골절상을 입어 일 년간의 입원 치료 끝에 퇴원을 하고도 몇 년 동안 외출할 때마다 목발을 이용해야 하는 처지가 되었다.

그때—이건 선애 누나도 분명히 인정한 사실인데—우리 가족이 '조인성'이라고 불렀던 그녀의 전 남자친구가 아니었다면 선애 누나는 그 시기를 훨씬 더 불행하게 기억하고 있었을 것이다. 실제로 조인성을 닮았던 건 아니었고(공통점이라면 키가 컸다는 것 정도?), 그 청년이 규모는 작았지만 어쨌든 대학로에 소극장을 보유한 극단에 정식으로 소속된 배우였다는 점, 그리고 성이 조씨인데다가 같은 병실에 있던 다른 환자들과 그들의 보호자들도 인정할 만큼 출중한 인성……의 소유자였다는 점을 고려한 일종의 예우 차원이었다고나 할까? 날카로워 보이는 첫인상과는 다르게 유난히 당근주스를 좋아하는 순박한 청년으로 내게 기억되어 있는 그는, 제삼자가 보기에도 앞날이 걱정될 정도로 매일같이 선애 누나를 보살피러 왔다. 그래서 종종 병문안을 갔던 나도 자연스럽게 안부도 주고받고 세상 사는 이야기와 연애 이야기도 종종 나누는…… 그런 사이가 되었던 것이다.

그런데 그 이후에 주변 사람 모두를 경악시킨 일이 일어나게 되는데, 선애 누나가 병상에서 일어나고 (적어도 우리가 느끼기에는) 얼마 지나지 않아 조인성과 헤어졌으며, (역시 우리가 느끼기에는) 그리 오래지 않아 다른 남자와의 결혼 발표를 했던 것이다. 그 충격이 어느 정도였느냐면 선애 누나의 어머니도 자신의 딸이 한 선택에 실망한 나머지 결혼을 반대하며 앓아누웠을 정도였다. 거기다 공교롭게도 그녀가 새로 만난 남자가 조인성에 비해 경제적으로 여유가 있었던 탓에, 그렇게 자신을 아끼고 보살펴준 착한 남자를 차버리고 돈 많은 남자한테 간 피도 눈물도 없는 년이라는 내 어머니의 험담까지 들어야 했다(실제로 그 말을 듣는 것은 나였지만). 잠시 속도위반 혐의가 수면에 오르기도 했는데 곧 그건 아니라는 것이 밝혀졌고(끝까지 남아 있었던 의혹의 잔불은 그녀가 결혼식 때 우아한 머메이드 드레스를 입고 입장함으로써 완전히 사그라들었다), 그녀는 주변 사람들의 의구심 혹은 호기심에 내 알 바 아니라는 태도로 일관했다. 선애 누나는 누가 뭐라든 자신의 결정을 거침없이 밀어붙였고, 결국 그녀의 부모도 뜻을 따를 수밖에 없었다.

내 눈에 그 시기 선애 누나는 어쩐지 스스로도 제어할 수 없는 인생의 급행열차에 올라탄 사람처럼 보였다. 나로서는 이해할 수 없는 어떤 강력한 동기가 그녀를 추동하고 있는 것 같았다(그즈음에는 그녀를 거의 만나지 못했지만 몇 번의 짧은 통화와 어머니를 통해 지속적으로 전해져오는 그녀의 행보에서 그런 기운을 강하게 느낄 수 있었다). 나는 그녀와 연락이 거의 닿지 않게 된 것이 그녀의 결혼식 이후였다고 생각했는데, 돌이켜보면 우리 사이에 어떤 거리감이 생기게 된 건 그 무렵부터인 것 같기도 하다. 그전에는 꽤 큰 나이 차에도 불구하고 거리감을 전혀 느끼지 못할 만큼 친숙했는데 어느샌가 그녀가 훌쩍 나와는 다른 세상을 살고 있는 어른이 되어버린 듯 느껴졌던 것이다. 그런데 집을 맡기기 위해 내게 전화를 했을 때는 왠지 모르게 목소리에 장난기가 서려 있어서 나는 잠시나마 예전으로 돌아간 듯한 기분을 느꼈다. 그건 드러내고 싶지 않은 어떤 감정을 숨기기 위해 연출된 것이었을지도 모르지만 확실히 효과는 있었는데, 나는 어느새 전화통을 붙잡고 그녀에게 지원에 대한 쓸데없는 이야기들을 늘어놓고 있었던 것이다. 그녀가 바로 얼마 전에 이혼을 했다는 사실을 고려하면 그 순간 새로 사귀게 된 사람에 대해 신나게 떠드는 것은 결코 커먼센스를 지닌 지성인으로서 취하기에 적절한 행동이었다고는 볼 수 없었을 터였다. 그러나 하해와 같은 마음을 가진 선애 누나가 오히려 반색을 하며 그 집에 혼자 있으면 외로울 거라 생각했는데 마침 잘됐다고 얼마든지 같이 머물러도 괜찮다고 얘기해줘서 나는 더 부끄러워졌다……

  꼭 선애 누나가 그렇게 말해서는 아니지만, 내가 남현동 빌라에 들어간 이후로 지원은 그 집에 거의 살다시피 했다. 그녀는 구로에 있는 무역회사를 다녔는데 집은 강남 쪽이었기 때문에 안 그래도 매일같이 그 부근을 지나야 했다. 남현동 빌라는 학교를 가기 위해 서울의 남북을 가로지르던 나에게나, 동에서 서를 오가며 출퇴근을 하던 지원에게나 최적의 위치에 놓인 안식처였다. 처음에 그녀는 선애 누나가 갑자기 찾아올지도 모른다는 생각에 조금 불안해하는 것 같더니, 나중에는 그럼 또 어떠냐 하는 마음가짐이 되어 심지어 내가 없을 때도 그 집에 가서 시간을 보내는 게 자연스러운 일이 되었다. 그녀와 나는 그곳을 조금 뻔뻔스러울 정도로 제집처럼 이용했는데, 휴일이면 창을 열어놓고 산에서 불어오는 바람을 맞으며 낮잠을 자다가 일어나 밥을 지어 먹고, 집 앞 골목에서 연식구로 캐치볼을 하곤 했다. 지원은 전철이 끊기기 전에 집으로 돌아가야 했지만 적어도 그 집에 같이 있을 때에는 마치 우리가 신혼부부라도 된 듯한 기분이 되었고, 그게 나쁘지 않았다.

이런 말까지 할 필요가 있을까 싶지만, 심지어 우리는 첫 섹스도 그곳에서 했다. 내가 남현동 빌라에 들어간 게 연애를 시작하고 거의 두 계절쯤 지났을 무렵이었다는 걸 생각하면 좀 의외라고 생각될지 모르겠다. 그러나 우리는 그 일을 지연시키는 데서 나름의 재미를 느끼고 있었다. 그동안 그런 일이 일어날 뻔한 적이 없었던 건 아니다. 가볍지만 서로의 마음을 확인하기에는 충분했던 처음의 스킨십 이후, 그러니까 우리가 서로를 독점적 연애 상대로

인지하게 된 직후에 그런 시도를 한 적이 있긴 했다.

어느 날 지원과 나는 신촌 어디쯤에 있는 이자카야에서 사케를 두 병 정도 나눠 마신 뒤 거리로 나왔다. 우리가 실체를 가진 존재로서 한 발짝 더 가까워져도 될 만큼 이미 정신적인 면에서는 꽤나 친밀한 사이가 되었다는 무언의 합의를 이룬 뒤였다. 우리는 조금 어색한 침묵 속에서 모텔이 즐비한 거리를 걷기 시작했다. 그러나—그날 꽤나 추웠던 것으로 기억하는데—오들오들 떨면서도 둘 중 누구도 어디 한군데를 얼른 정해 들어갈 생각을 하지 않고 있었다. 같은 골목을 몇 바퀴쯤 돌다가 그녀가 조심스럽게 모텔은 우리가 처음으로 사랑을 나누기에 적당한 장소가 아닌 것 같다는 취지의 말을 꺼냈다. 나는 그 말에 재빨리 동의했다. 우리 둘 다 같은 생각을 하고 있었던 것이다.

"그래, 꼭 오늘 해야 하는 건 아니니까……"

"그래그래, 다음에 더 좋은 데서 하자."

우리는 이런 식의 이야기를 나누며 그곳을 빠져나왔다. 그다음부터 우리는 그런 주제의 대화를 피하는 대신, 반대로 유희 수단으로 이용하곤 했다. 우리의 대화는 아직 육체적 관계를 맺지 않은 사람들치고는 꽤 과감한 편이었다. 아무 때나 "눈 오는 날 난로 켜놓고 이불 속에서 귤 까먹다가 너랑 하면…… 너무 좋겠다, 그치?" 같은 소리를 한다거나, 감자탕을 먹다가 갑자기 그녀가 "그런데 너는 뭘 믿고 그렇게 섹시해?"라고 하면 내가 "그래서 나랑

자고 싶니? 그래, (도로 맞은편의 부티크 호텔을 가리키며) 마침 저기 근사한 호텔이 보이네……" 하고 대답한다거나 하면서도 정작 그 일을 실행에 옮기지는 않고 있었다. 우리는 그런 대화를 할 때마다 서로의 눈에서 상대를 향한 강렬한 애정과 갈망을 확인할 수 있었고 그것이 실제로 관계를 맺는 것보다 더 즐겁다고 생각했던 것 같다. 그러고 나서 집에 돌아오면 나는 그녀를 너무 사랑해서 어쩔 줄 모르겠다는 생각에 잠을 설치곤 했다. 그렇다고 그녀와 실제로 같이 자게 되었을 때 환상과 실제의 괴리로 인해 실망감을 느끼게 된 것도 아니었다. 오랫동안 지연시킨 쾌락을 향유했을 때 느낄 법한 허탈감 또한 느낄 수 없었다. 우리는 처음으로 사랑을 나눈 뒤, 남현동 빌라의 햇빛 드는 침실에 함께 누워 충만한 기쁨에 사로잡힌 채 그때까지 그 일을 미뤄두길 잘했다고 서로를 대견해했다.

우리가 처음 만난 곳은 회현동에 있는 알리앙스 프랑세즈 이층의 소강의실이었다. 나는 어쩌면 파리에서 박사과정을 하게 될지 모른다는 허황된 희망을 스스로에게 각인시키기 위한 수단으로서 프랑스어를 시작한 참이었고, 그녀 또한 언젠가 외국계 기업으로 이직해 본사에서 근무하게 될지도 모른다는 막연한 기대감을 품은 채 공부를 하고 있었다. 둘 다 얼마 지나지 않아 그런 부질없는 희망을 품는 것을 그만두기로 하면서 쓸데없이 수강료만 비쌌던 프랑스어 수업도 함께 그만두게 되었지만 지원과 나는 그곳에서 서로를 만났다는 사실만으로 만족할 수 있었다.

다른 사람들이 어떤 식으로 연애를 시작하는지는 잘 모르겠지만, 우리의 경우는 강의실에서 처음 만난 순간부터 서로에게 끌리게 되리라는 걸 알 수 있었다. 그녀와 나는 수업시간에 교재에 적힌 기초 예문을 응용해 불완전한 언어로 대화를 나눌 때부터 각별한 감정을 느꼈으며, 수업이 끝난 뒤 학생들끼리 모여 맥주를 한잔하면서 처음으로 우리말로 대화하게 된 이후에는 단 한 번의 엇갈림이나 망설임도 없이 서로를 향해 직행했다. 우리의 표현에는 막힘이 없었다. 문자메시지로든 전화로든 서로의 감정을 여과없이 전달했고, 둘 중 한 사람이 다른 한 사람을 보고 싶어할 때면 그때가 언제든 바로 상대를 찾아갔다. 그리고 한번 만나면 언제나 더이상 같이 있을 수 없는 시간까지 집에 돌아가지 않았다. 우리는 둘 다 이전에 몇 번 연애를 해본 적이 있었지만 이런 방식의 만남은 처음이었고, 자유로움과 소속감이 완벽하게 공존하는 전혀 새로운 연애의 세계에 들어오게 된 것을 기뻐했으며 또 종종 그것을 믿기지 않아 했다.

그때 우리는 사랑한다는 말 대신에 다른 말로 서로에 대한 애정을 표현하곤 했다. "넌 정말 대단해." 지원과 나는 어느 순간 그말이 다른 어떤 말들보다 서로를 감동시킨다는 사실을 깨달았다. 그녀가 나와 식탁에 마주앉아 밥을 먹다가 내 얼굴을 빤히 쳐다보며 정말 감탄스럽다는 표정을 하고는 조용히 "넌 정말 대단해" 하고 말하면, 나는 "아냐, 네가 더 대단해"라고 대답하곤 했다. 우리는 같이 자고 난 뒤에도 그런 소리를 잘도 했다. 심지어 우리는 엄지손가락까지 치켜세우며 이렇게 말했다. "넌 정말 대단해." "아냐, 네가 더 대단해⋯⋯"

지금은 물론이고, 당시에도 나는 그녀의 그런 말들이 나를 어떻게 그토록 감동시켰는지, 그런 말을 들을 때마다 왜 더욱 열렬히 그녀를 사랑하게 되었는지 잘 알고 있었다. 그녀가 나를 대단한 사람으로 여겼던 것이, 아니면 적어도 그렇게 여기고 있다고 내가 믿게 만들어주었던 것이, 내가 정말로 그래서가 아니라 오로지 나에 대한 그녀의 애정으로 인한 왜곡된 시선 혹은 배려였을 뿐이라고 하더라도 어쩔 도리가 없었다. 나는 그 시기에 그 말이 필요했고, 그녀가 그 말을 제공해주었다는 사실만으로도 충분했기 때문이다.

내가 대학원에 들어가게 된 것도 아주 사소한 말 한마디 때문이었다고 할 수 있다. 나는 학부 졸업 후 어쩌다가 입사하게 된 승마 전문 잡지사에서 일하며 조금씩 자존감을 잃어가고 있었다. 책상에 앉아서 종일 하는 일이라고는 구글을 검색해 무료로 쓸 수 있는 말 사진들을 찾는 게 전부였다. 캡션에 적힌 말의 품종이 사진 속 말의 품종과 같은지 수도 없이 확인해야 했는데, 말의 품종에 대해 전혀 아는 바가 없던 나는 혹시라도 잘못된 이름을 적어넣을까봐 늘 조마조마했다. 나중에는 구약을 방불케 하는 말의 계보를 거의 외울 지경이 되긴 했지만(트라케너는 홀슈타인을 낳고, 홀슈타인은 비엘코폴스키를 낳고……). 그때 내가 거기서 일 년이 넘게 버틸 수 있었던 건 나보다 두 해 먼저 입사한 선배 덕분이라고도 할 수 있다. 우리는 대화가 잘 통해 퇴근 후에 지하철 입구까지 걸어가는 동안 떠오르는 아무 주제든 잡고 토론하기를 좋아했는데, 가끔은 거리에 서서 한 시간이 넘도록 이야기를 나누다가 마지못해 헤어지기도 했다. 그러다 어느 날 그녀는 이렇게 말했다.

"정안씨 같은 사람은 공부를 해야 되는데."

그녀는 스쳐지나가듯 한 이야기였겠지만 그 말은 나를 오랫동안 사로잡았다. 어쩌면 나의 부족함을 채우기 위해 공부가 필요할 것 같다는 뜻이었을지도 모르겠는데, 그때의 나에게는 내가 더 높은 지식의 세계로 들어갈 자격이 있는 사람이라는 승인처럼 들렸던 것이다.

그러나 내 회사생활이 아주 엉망이었던 것은 아니었다. 몇 번의 실수가 있었고, 몇 번의 모욕적인 말을 들었으며, 몇 번 정도는 모멸감을 느끼긴 했지만 그런 생활에도 조금씩 익숙해지고 있던 참이었다. 그것보다 나를 괴롭히는 문제는 오래전에 시작되었지만 그때쯤 절정에 달했던 아버지와 어머니의 불화였다. 차라리 회복 불가능한 불화로 인해 서로 완전히 모르는 사람으로 살아가기로 했다면 더 나았을 것이다. 그러나 그들은 싸움과 화해를 반복했고, 언제나 끊임없는 별거와 재결합의 과정에 있었다. 형이 결혼해서 집을 나간 뒤에 그들의 무력 분쟁을 고스란히 목격해야 할 사람은 나였고, 나는 그들이 치르는 전쟁의 유일한 민간인 희생자이자 그들이 벌이는 희비극의 단 하나뿐인 관객인 셈이었다.

아버지는 성격이 급했고, 섣불리 어떤 결정을 내렸다가도 곧 그것을 번복하곤 했다. 그럴 때면 그는 다른 사람의 말이 전혀 귀에 들리지 않는 것처럼 행동했다. 그러나 어머니를 특히 힘들게 했던 것은 아버지가 말할 때의 태도였다. 그는 습관처럼 어머니에게 비아냥 섞인 말로 응수했는데, 제삼자에게는 아주 가끔 그것이 재치 있는 말처럼 들릴 때도 있었지만 불행하게도 대부분은 그저 어머니를 고통스럽게 하는 데에 그치고 말았다. 내가 젊은 시절의 아버지에게서 목격했던 조금은 폭력적인 성향이 나이가 들면서 점점 언어적인 쪽으로 방향을 튼 결과가 바로 그것이 아니었나 싶다. 그러나 내가 아들로서 평생을 살아본 경험에 비추어보면, 어머니에게도 사람을 견딜 수 없게 하는 면이 있었다. 때때로 그녀는 스스로의 과잉된 감정을 주체하지 못해 주변 사람들을 당황스럽게 했다. 내가 잡지사에서 일하기 시작한 직후에만 해도, 과격한 언쟁 후에 아버지가 (또다시) 집을 구해 나가버리자 어머니는 신경안정제 수십 알을 한 번에 털어넣고 시위에 가까운 자살 시도를 했으며, 나는 응급실에서 의사들이 어머니가 삼킨 약을 토해내도록 하기 위해 목구멍에 식염수를 투입하고 있는 동안 아버지에게 전화를 걸어야 했다. 어머니는 십수 년간 우울증과 불안 증세로 정신과 치료를 받았는데, 나를 비롯한 다른 가족들은 물론이고 어머니 스스로도 자신이 여전히 치료가 필요한 사람인지, 아니면 오랫동안 치료를 받았기 때문에 어느 누구보다 정상이라고 봐야 하는지 헷갈려했다. 그러나 말다툼 도중 코너에 몰린 아버지가 제정신도 아닌 사람과 무슨 이야기를 하겠느냐는 식의 말로 대화를 중단하려고 하면 어머니는 금방이라도 눈앞에서 숨이 넘어갈 것처럼 억울해했다. "이 사람이 이제 나를 미친 사람 취급하네. 진짜 미친 사람 취급해."

화해를 하고 싶을 때면 아버지는 나를 그가 머물고 있던 양재동의 원룸으로 불러 오만원짜리 스무 장이 든 돈봉투를 쥐여주며 어머니에게 전달해달라고 했다. 어머니는 아버지가 화해의 제스처를 취할 때 그것을 거절하지 못했다. 그녀는 종종 내게 반나절 동안 아버지에 대한 분노와 인생의 덧없음을 토로하다가 난데없이 "그래도 니 아빠만한 사람 없다"라고 말해서 나를 미치게 만들었다.

무엇보다 나를 힘들게 했던 것은 내가 그동안 보아온 그들의 견딜 수 없는 점들이 나에게도 분명히 존재한다는 사실이었다. 나는 나 자신에게서 아버지의 성급함과 무신경함, 어머니의 불안과 자기연민을 발견할 때면 바닥을 알 수 없는 깊은 절망감에 빠져들곤 했다. 내가 대학원에 들어간 것도 어떤 거리감을 획득하기 위해서였던 것 같다. 충분한 교육을 받지 못한 그들에게서 멀어지기 위해, 나는 그들과 다른 사람이라는 알리바이를 성립시키기 위해. 나는 좀더 나은 사람이 되고 싶었다. 그러나 그렇게 되려면 무엇을 해야 하는지 알지 못했고, 매달려볼 것이라고는 그 선배의 사소한 한마디 말 정도였다.

지원의 가족은 내 경우처럼 부모의 불화로 자식들이 괴로움을 겪는 흔한 노동자 계층 가정은 아니었지만, 지나치게 엄격한 아버지로 인해 나머지 가족들의 삶이 힘겨워진 케이스라는 점에서 보면 전형적이기는 마찬가지였다. 그녀는 늘 모든 것이 정돈되어 있어야 하며, 정해진 일정에 맞춰 가족 구성원 전체가 하나의 유기체처럼 어긋남 없이 움직여야 하는 집에서 자랐다고 했다. 공군 중령을 지내다 전역하고 법무부에서 행정관으로 일하던 그녀의 아버지는 집안에도 셀 수 없이 많은 기준과 규칙들을 세워두었는데, 지원은 자신도 그 틀에서 한 발짝도 벗어나지 못한 채 평생을 숨죽이며 살아온 어머니처럼 될까봐 두렵다고 했다. 어머니처럼 누구에게도 이해받지 못한 삶을 살면서 어딘가로 떠날 수도 없는 약한 사람이 되어버릴까봐 겁이 난다는 것이었다.

"딱 한 사람, 온전히 내 편인 딱 한 사람만 있으면 되는데 어째서 그게 그렇게 힘든 일일까? 우리 가족도 남들만큼 살 수 있는데, 특별히 부족한 것도 없는데, 아버지가 어머니를 사랑하기만 하면 모든 문제가 해결될 것만 같은데 왜 그러지 못하는 걸까?"

딱 한 사람, 이라는 그녀의 말 때문이었을까. 그 집에서 지원과 함께하는 동안 나는 어쩐지 구원이라는 단어를 종종 떠올렸던 것 같다. 당시에 우리의 관계가 어떤 성분으로 이루어져 있었는지 깊이 생각했던 것은 아니었다. 나도 막 연애를 시작한 수많은 다른 연인들처럼 TV 드라마 속 연애 이야기에 쉽게 나를 대입하기도 하고, 다양한 갈래의 복잡다단한 정서를 단 하나의 위대한 단어, 그러니까 누구도 그 뜻을 정확히 알지 못하지만 강력한 편의성으로 인해 빈도 높게 사용되곤 하는 사랑이라는 단어로 단순화해 그것에 몰두하기도 했다. 그럼에도 어쩐지 구원이라는 단어는 어느 순간 느닷없이 머릿속에 희미하게 떠올랐다가 사라지곤 했다. 그런데 한 사람이 다른 한 사람을 구원해줄 수 있을까? 그런 게 정말 가능할까? 그때의 나는 다소 희망에 찬 내면의 목소리를 들었던 것도 같지만, 이제와 돌이켜보면 내가 그 단어를 떠올렸던 이유는 실은 지원과 내가 서로를 구원해줄 수 있는 능력을 가졌던 것이 아니라 그저 서로가 어떤 식으로든 구원이 필요한 사람들이었다는 증거였을 뿐이었는지도 모르겠다는 생각이 든다. 우리는 서로에게 특별한 사람들이었던 게 아니라 마침 구원이 필요했던 두 사람이었을 뿐이라고.

우리는 구원까지는 아니어도 남현동 언덕 위에 있던 조용하고 아늑한 빌라가 적어도 우리를 구조하긴 했다고 여겼던 것 같다. 삶의 지난함에서, 무기력함에서, 희망 없음에서. 학교나 회사에 있어야 할 때를 제외하고, 우리에게 허락된 '진정한' 삶의 시간의 대부분을 그곳에서 보내게 된 지 얼마 되지 않아 그곳은 우리에게 서로의 존재만큼이나 중요한 무언가가 되어가고 있었던 것이다.

그러면서, 어떻게 보면 당연한 순서였겠지만 지원과 내가 서로의 존재에 안도하고 기뻐하느라 조금 늦게, 그 집의 원래 주인인 선애 누나 부부에 대해 생각하게 되었다. 남현동 빌라에 머무는 시간이 길어지고 그 집에 친숙한 공간과 익숙한 물건들이 늘어가면서 원래 그것들에 누구보다 애착을 가졌을 이들이 점점 궁금해졌다. 그곳에서 우리가 이용했던 놋수저와 일본풍 식기들, 서재에 놓여 있던 이인용 가죽소파, 그리고 배드민턴 채, 야구 글러브, 프리스비 등 둘이서 즐길 수 있는 다종다양한 운동용품들…… 나는 사용한 흔적들이 남아 있는 그 물건들을 볼 때마다 그것들을 살 때 그들이 어떤 마음이었을지 상상해보곤 했다.

나는 잘 몰랐지만 지원의 눈썰미에 의하면 선애 누나는 안목이 꽤 좋았던 것 같다. 그 집에 있는 물건들을 사용할 일이 있을 때마다 그것들이 어떠한 역사와 전통과 의미를 지니고 있는지 알게 되었는데, 거실에 있었던 작은 나무 스툴은 소박해 보였지만 현지에 직접 가야만 구할 수 있는 일본 장인의 수제품이었고, 서재에 있던 플로어스탠드는 북유럽의 이름 있는 디자이너 제품이었으며…… 그 외에도 그 집을 채우고 있는 물건들은 단지 필요에 의해서만이 아니라 누군가의 취향에 의해, 고심에 고심을 거듭해 엄격히 선택된 것들이었다. 커튼부터 발매트까지, 그 집에 있는 어떤 것도 아무데서나 대충 고른 것들이 아니었다.

집안을 채우고 있는 물건들도 그렇지만 그곳을 발견했을 때의 그들에 대해서도 생각하지 않을 수 없었다. 끝나지 않을 듯한 언덕길을 올라 지상의 번잡스러움을 뒤로하고 높은 곳에 고요히 자리하고 있는 그 동네를 목격했을 때 그들은 기뻤을까? 그곳에서 자신들의 안식처가 되어줄 소박하지만 아름다운 빌라를 발견하고, 그것을 자신들의 소유로 하기 위해 계약서를 작성할 때 그들은 설렜을까? 그렇다면 그들은 왜 헤어지게 되었을까. 어떤 일들이 그곳을 그대로 둔 채, 마치 낙원에서 쫓겨난 아담과 하와처럼 아무것도 품에 지니지 못한 채 그곳을 떠나게 했을까. 나는 그 집에 머무는 시간 중 꽤 많은 시간 동안 그런 의문에 빠져 있었고, 그녀를 만나게 된다면 그에 대한 이야기를 들어야겠다고 생각하곤 했다.

선애 누나와 만난 것은 내가 그 집에 들어간 지 세 달쯤 지났을 때였다. 그런데 그날 내가 들은 것은 그들이 왜 헤어지게 되었는지가 아니었다. 그보다 조금 더 과거의 이야기였다. 선애 누나가 집에 있는 물건을 좀 챙겨달라고 했는데, 집까지는 올라오지 않고 아래에서 받겠다고 했다. 평일 저녁 나는 언덕을 내려가 번화가가 시작되는 곳에서 그녀를 만났다. 버스정류장에는 사람들이 경기도로 향하는 광역버스를 타기 위해 길게 줄을 지어 늘어서 있었다. 나는 그녀에게 그동안 집을 보러 온 이들에 대해 자세히 이야기해주었다. 사실 부동산을 통해 사람들이 올 때마다 매번 그녀와 연락을 주고받았기 때문에 이미 대강 들려준 내용이긴 했다. 세 달 동안 집을 보러 온 사람이 그리 많지도 않았다. 노부부가 오래된 차를 몰고 온 적이 한 번 있었고, 직장인으로 보이는 마흔 정도의 여자가 여러 차례 약속을 변경하다가 어렵게 시간을 맞춰 평일 늦은 시간에 집을 보러 오기도 했고, 내 또래쯤 되어 보이는 젊은 여자가 다녀가기도 했다. 그녀는 신혼집을 보러 다니는 것 같았는데, 신랑 될 사람과 다시 한번 보러 오겠다고 하더니 그후로 연락이 없었다. 나는 그들이 집을 보러 와서 주로 어디를 살폈는지, 얼마나 머물다 갔는지, 어떤 표정으로 어떤 질문을 하고 그 말에 내가 어떻게 대답했는지를 그들이 머물다 간 시간과 거의 동일한 러닝타임으로 재연해주었다. 그리고 선애 누나가 굳이 물어보지도 않았는데 애써 그들이 집을 보러 왔을 때 얼마나 집안의 정돈에 신경을 썼는지 열심히 어필했다. 내가 너무 그 집에 오래 머물고 있다는 생각이 들었기 때문이었다. 내가 그런 눈치를 보이자 선애 누나는 신경쓰지 말라고 말해주었다. "집이 금방 나갈 것 같았으면 내가 더 있었겠지." 그녀는 그렇게 말하고는 잠시 있다가 이렇게 덧붙였다. "우리는 그 집 보자마자 한눈에 반했는데." 그 말을 듣고 선애 누나에게 나는 그 집이 너무나 마음에 든다고 얘기했다. 돈만 있었어도 내가 제일 먼저 샀을 거라고 말이다(적절한 말이었는지는 모르겠다).

선애 누나는 그 집을 샀을 때의 이야기를 들려주었다. 그녀는
그날 약간 감상에 빠진 것처럼 보였다. 그녀가 내게 가져다달라고
부탁한 물건은 작은 야드로 조각상들이었는데, 그것들이 그녀를
감상에 빠지게 만든 것인지 아니면 그녀가 감상에 빠질 준비가 되
었기 때문에 나에게 그것들을 가져다달라고 했는지는 알 수 없었
다. 선애 누나는 결혼 준비를 할 때 그동안 살아왔던 곳과 가능한
한 다른 곳에 살고 싶었다고 했다. 그녀는 매일 퇴근 후에 혼자 새
로 정착할 곳을 찾아다녔고 어느 날 땀을 비오듯 흘리며 오른 언
덕에서 그 빌라를 발견했을 때 바로 그곳이 자신이 오랫동안 찾아
헤맨 그 집이라는 확신을 얻었다는 것이었다. 선애 누나는 태어나
서 처음으로 온전히 자신이 선택한 것들로만 채운 공간을 가질 수
있다는 것이 가장 기뻤다고 했다. 그리고 그녀가 그 공간에 가장
먼저 들인 것은 다른 무엇도 아닌, 그녀의 (전)남편이었다. 그녀는
다음날 날이 밝자마자 그와 함께 그 집을 다시 보러 갔던 것이다.

"사람들이 내가 돈 때문에 가난한 배우였던 정훈이(조인성의
본명이다)를 버리고 번듯한 직장에 다니던 그 사람을 택했다고 수
군거렸던 거 알아. 나는 차라리 그 사람이 가난했으면 했어. 어딘
가에 장애라도 있었다면, 하는 생각까지 했다니까. 그러면 남들한
테 괜한 소리를 듣지 않았을 테고, 정훈이한테 느낀 죄책감이 조
금이라도 덜했을지도 모르지. 처음에는 사람들을 납득시켜보려고

했어, 내가 그 일에 대해 스스로를 납득시켜야 했던 것처럼. 나중에는 굳이 그럴 필요가 없다는 사실을 깨달았지만. 그게 다 무슨 소용이야? 내가 끝까지 미안하게 생각했던 건 정훈이뿐이었어. 그런데 나도 어쩔 수가 없었어. 그애가 날 보살펴줬던 일 년 동안에는 나도 그애를 사랑한다고 생각했거든. 말로 한 적은 없었지만 병상 옆 간이침대에서 불편한 자세로 자고 있는 그애를 보면서 평생 보답하는 마음으로 살아야겠다고 다짐까지 했어. 내가 그 사람을 만날 거라는 걸 알았다면, 그 사람을 사랑하게 될 거라는 걸 알았다면 그애에게 미안할 일은 하지 않았을 거야. 그걸 알았다면 나는 그 자리에서 바로 그애를 깨워 집에 돌려보냈을 거야("알지? 이건 일종의 은유적인 표현이야." 그녀는 여기서 이렇게 부연했다). 그런데 나는 당연히 알지 못했어. 나도 어떻게 그런 일이 일어났는지는 몰라. 정훈이에게 느낀 고마움이나 애정과는 별개로 그냥 그 사람을 사랑하게 된 거야. 그건 거부할 수 있는 종류의 감정이 아니었어. 살다보면 결코 거부할 수 없는 것들이 찾아오곤 하니까. 내가 가진 모든 것들이 그 사람을 선택하는 방향으로만 움직이고 있었는데, 내가 달리 어쩔 수 있었겠어."

실제로 그녀가 이렇게 쉬지 않고 한 번에 말한 것은 아니었다. 그러나 거의 이렇게 말했다. 그녀는 마치 그 말들을 오랫동안 참아왔던 것처럼, 누구에게든 쏟아내지 않고는 견딜 수 없다는 듯이 내가 끼어들 틈도 없이 계속해서 그와 같은 이야기를 이어나갔다.

우리는 저녁을 먹고 자리를 옮겨 차가 끊길 시간이 다가올 때까지 카페에 앉아 있었지만 그날 내가 그녀에게 들은 이야기는 그게 전부였다. 그들이 어쩌다가 헤어지게 되었는지는커녕 나는 그녀가 어디서 무엇을 하며 지내고 있는지도 제대로 듣지 못한 채 막차 시간에 맞춰 지하로 내려가는 그녀를 배웅하고 다시 언덕을 올라왔다.

나는 애초에 예상했던 것보다 훨씬 더 오래 그 집에 머물렀다. 처음에는 너무 금방 집이 나가버릴지도 모른다고 내심 걱정을 했지만 그건 세상 물정 모르는 순진한 생각이었다. 벚꽃이 모두 지고 기온이 올라가기 시작하자 가끔씩이나마 집을 보러 오던 사람들의 발길도 뚝 끊겨버렸다. 학기가 끝나고 나는 학교에 자주 나갈 필요가 없어져서 대부분의 시간을 집에서 보냈는데, 주로 사찰까지 산책을 가거나 책을 읽었고 그 외에는 그냥 침대에 누워서 지냈다. 한여름이 되자 지원은 야근이 잦아졌고 남현동에 들를 틈도 없이 집으로 가야 할 때가 많았다. 나는 선애 누나와 만나고 들어온 날 이후로는 어쩐지 그 집이 전만큼 아늑하지만은 않다는 느낌을 받았다. 혼자 남아 거실을 물끄러미 바라보고 있자면 왠지 쓸쓸해졌고, 때로는 그곳에 남은 물건들과 함께 버려진 듯한 기분까지 들었던 것이다. 물론 지원이 있을 때는 완전히 다른 분위기가 되었지만 그녀가 돌아가고 나면 마치 폐장 시간이 지나 모두가 떠난 유원지처럼 집은 순식간에 적막에 잠겼다. 그녀를 지하철 입구까지 배웅하고 다시 언덕을 올라 빈집의 문을 열면 닫아두지 않은 창문에서 풀벌레 소리가 유난히 크게 들려왔고 그 소리에 나는 조금 더 외로운 기분이 되곤 했다.

그래서였던 것 같은데, 지원이 처음으로 그 집에서 온전히 밤을 보낼 수 있게 된 날 나는 그녀에게 조금만 더 자주 왔으면 좋겠다고 말했다. 그녀와 나는 그동안 서로의 마음을 숨기지 않았고, 보고 싶을 때는 보고 싶다고, 상대를 필요로 할 때는 네가 필요하다고 곧바로 말했지만, 어쩐지 그때 내가 한 말은 그 말들과는 조금 다른 느낌이었다. 그러나 그렇게까지 진지하게 말한 건 아니었고 우리가 처음으로 한 침대에서 아침을 맞을 수 있는 날이었기에, 약간은 들뜬 기색을 보이며 그렇게 말했던 것이다. 그녀는 그러고 싶다고 했다가, 잠시 후 그러겠다고 말을 바꾸었다. 그녀가 뜻밖에 진지하게 대답해버려서 우리는 왠지 모르게 잠시 서먹해졌다. 그러나 곧 지원과 나는 식탁에 앉아 내가 차린 음식을 함께 먹으며 평소처럼 이야기를 나누었다. 그녀가 아버지의 해외 출장으로 하루 정도는 빌라에서 자고 갈 수 있다고 며칠 전부터 예고를 해 내가 미리 준비해둔 것들이었다.

우리는 그날 선애 누나에 대한 이야기를 나누었다. 나는 그전에도 지원에게 선애 누나를 만났을 때 들었던 이야기들을 들려주었었는데, 내 기대와는 달리 그녀는 큰 인상을 받지 못한 것처럼 보였다. 나는 그런 반응에 조금 실망했지만 생각해보면 그건 그저 단순한 이야기일 뿐이었다. 누군가가 누군가를 사랑하게 된 이야기. 그래서 누군가가 누군가를 떠나게 된 이야기. 흔한 이야기였다.

그날 밤 우리는 사랑을 나눈 뒤에 속옷만 대충 걸치고 침대에 누웠는데, 나는 한동안 잠에 들지 못해 뒤척였다. 우리는 처음에 몸을 포개어 누웠다가 곧 자신만의 공간을 찾아 조금 떨어져 누웠다. 그렇게 꽤 오래 시간이 지났고, 나는 그녀가 잠든 줄 알았는데 아니었던 모양이다. 그녀는 몸을 틀지 않고 혼잣말처럼 이렇게 말했다. "그런데 그 사람들은 정말 어쩌다 헤어졌을까?" 나는 그 말에 대답하려다, 곧 딱히 대답을 바라고 한 말은 아니라는 사실을 알아차리고 그냥 눈을 감고 누워 있었다. 다시 찾아온 침묵 속에서, 나는 새삼스레 내가 낯선 곳에서 잠을 청하고 있다는 사실을 실감했다. 창가에서 들려오는 풀벌레 소리가 점점 아득해졌고, 나는 문득 끝나지 않을 시간에 갇혀서 텅 빈 공간을 떠다니고 있는 사람이 된 듯한 기분에 사로잡혔다. 왠지 그 밤은 영영 지나가지 않을 것만 같았는데, 그것은 내게 앞으로 다가오거나 다가오지 않을 무수히 많은 행복한 시간들과 외로운 시간들의 징후처럼 느껴졌다. 나는 비스듬히 누운 채 아직 잠들지 않았을 지원의 윤곽을 오래도록 바라보고 있었다. 우리는 어쩌면 그들의 유령들이 아닐까, 생각하면서.

더 인간적인 말

저장되지 않은 번호로 걸려온 전화에서 어떤 남자가 자신을 변호사라고 소개했을 때, 나는 이 여자가 이번에는 정말로 해볼 생각인가보군, 하고 생각했다. 여기서 이 여자란 내 아내인 해원을 말하는 것인데, 나는 전화 속 남자가 그녀가 고용한 이혼 전문 변호사일 거라고 생각했던 것이다.

나와 해원은 어느 순간부터 악화일로만 걸어오던 우리 관계를 어떻게든 더 나은 방향으로 변화시키기 위해 많은 사람들을 끌어들였다. 때로는 내 친구들이거나 그녀의 친구들이었고, 때로는 양쪽의 부모님이었으며, 때로는 심리상담사였다. 우리는 윤리적 가치관 차이로 대립했고 서로 다른 정치적 견해 때문에 충돌했으며 종교적 문제(우리 둘 모두 신앙이 없었음에도 불구하고)에 대해 목소리를 높였다. 우리는 말이 너무 많다는 게 문제였고 그것은 둘 중 하나가 영원히 입을 닫지 않는 한 해결되지 않는 것이었다. 그러다 어느 순간 합의점에 이르게 되었는데(우리에게는 아주 드문 일이었다), 그건 우리 관계를 개선하기 위해 도움을 요청할 수 있는 마지막 남은 사람은 이제 이혼 전문 변호사뿐이라는 것이었다.

그러나 곧장 변호사에게 달려간 것은 아니었고, 그렇게 결론지은 이후로는 일종의 냉전이 시작되었다. 우리는 그 방법이 불러올 파괴적인 결과를 어느 정도는 두려워했으며 그 일이 시작되면, 일단 열차의 바퀴가 굴러가기 시작하면 누구 한 사람의 의지만으로는(어쩌면 둘 모두 원한다고 해도) 절대 멈추지 못할 것임을 알고 있었다. 그렇기 때문에 우리는 우리에게 남은 유일한 선택지를 실행으로 옮기는 대신 주저하며 시간을 끌어오고 있었다. 차라리 입을 닫는 것이 좋겠어, 일절 대화를 하지 않으면 문제가 일어날 일도 없잖아. 이런 무언의 합의가 이루어진 뒤 우리는 꼭 필요할 때를 제외하고는 서로에게 말을 건네지 않았다. 그러나 그럼으로써 우리 부부가 지닌 거의 유일한 미덕(그것은 또한 재앙의 씨앗이기도 했지만)이라고 할 만한 것은 완전히 사라지고 말았다. 그러니까 우리에게 말이란 모든 문제의 원인임과 동시에 해법이었고, 우리 관계에 있어 시작과 끝이었고, 사실상 모든 것이었고, 그것이 사라진다면 그녀와 나 둘로 이루어진 공동체는 존재의 의미를 상실하는 거나 마찬가지였다. 우리는 우리라는 공동체의 의의를 잃는 방식으로 공존하느냐, 우리의 구성 요소를 유지하면서 이 공동체가 회복 불가능한 형태로 부서져가는 것을 끝까지 지켜보느냐 하는 기로에 서 있었던 셈이다. 나는 변호사가 다음 말을 꺼내기 전까지 아주 짧은 순간, 그녀가 드디어 방아쇠를 당겼다고, 루비콘강에 무릎을 담갔다고 생각했다. 그러나 변호사는 김해원이라는 이름 대신에 내가 예상치 못한, 전혀 뜻밖의 이름을 언급했다. 그가 꺼낸 이름은 이연자였고, 그건 내 이모의 이름이었다.

변호사가 내게 전한 사실은 그의 입에서 나온 이름 그 자체보다도 나를 더 놀라게 했다. 그가 전한 내용은 이모가 내 앞으로 유산을 남겼다는 것이었다. 나는 당연히 그의 말을 믿을 수 없었는데 그것은 이모가 (심지어 어머니가 멀쩡하게 살아 있는) 조카에게 유산을 남겼다는 흔치 않은 상황 때문만이 아니라, 적어도 내가 알기로 이모는 아직 죽지 않았기 때문이었다. 이모는 죽지 않았고, 큰 병에 걸리거나 사고를 당하지도 않았다. 이모가 이 세 가지 중 한 가지 상황에라도 처했더라면 변호사가 연락해오기 전에 엄마에게서든, 병원에서든, 그게 아니면 다른 어디에서든 그 일에 대한 소식이 먼저 들려왔을 것이었다. 그래서 나는 그에게 되물을 수밖에 없었다.

"유산은 죽은 사람이 남기는 것 아닌가요?"

전화기 너머에서 그가 대답했다.

"그렇죠."

"그럼 제 이모가 죽었다는 말씀인가요?"

"그건 아닙니다."

"그럼 살아 있는 이모가 무슨 이유로 저한테 유산을 남겼다는 건가요?"

"아직은 아니라는 뜻이에요."

"아직은?"

"예, 아직은요."

변호사는 이모의 돈이 일반적인 증여가 아니라 유산상속 개념으로 내게 전달될 거라고 했다. '아직은' 살아 있으니 서류상에는 증여라고 명시가 될 테지만, 이모는 자신이 남긴 돈이 다른 형태가 아닌 '유산'이라는 사실을 명확히 하고 싶어했다는 것이었다. 이모가 남겼다는 돈은 결코 적지 않은 금액이었다. 인생을 바꿀 만큼 어마어마한 액수는 아니었지만 그 돈을 받는다면 어떻게 운용해야 할지 적어도 몇 주간은 진지하게 고심해야 할 만한 금액이었다.

나는 이틀 후 해원과 함께 이모를 찾아갔다. 원래는 다음날 바로 가려고 했으나 그날은 해원이 절대 취소할 수 없는 학회 발표가 있는 날이어서 그다음날로 미룰 수밖에 없었다("이모가 내일 당장 돌아가실 것 같아?" "그런 건 아닌 것 같아." "그럼 딱 하루만 기다려."). 나는 혼자 가겠다고 했지만 해원은 아무래도 자신이 함께 가야 하는 일 같다고 고집을 피웠다. 나는 어차피 이혼하면 내 이모는 남이나 다름없지 않나, 하고 생각했는데 그녀는 나와 생각이 달랐다. 해원은 동료 교수들 사이에서는 진보적이고 리버럴한 사람으로 통했지만 실제 생활에서는 의외로 전통적인 관점의 '도리'라는 걸 우선하곤 했다. 아직은 완전히 갈라선 게 아니며 우리가 갈라설 거라는 사실을 엄마나 이모가 알고 있는 것도 아닌데다가, 설사 이미 우리가 완전히 갈라섰고 더이상 법적으로 서로에게 어떤 구속력도 갖지 않는다고 해도 이모에게 무언가 큰일이 벌어졌다면 팔 년 동안 가족으로 지낸 사람으로서 무시할 수는 없다는 것이었다. 그러나 나는 아무리 우리가 결혼이라는 제도적 결합을 택했다고 해도 서로의 가족을 선택한 것은 아니며, 최소한의 예의를 지키는 선에서 관계만 유지하면 되지 그들의 삶에는 관여할 일이 아니라고 생각했다. 하물며 (아직은 아니지만) 법적으로까지 깔끔히 갈라섰다(고 한다)면 그 이후로는 서로의 어떠한 일에도 연관될 필요가 없고 나는 당연히 해원의 가족을 그렇게 대할 생각이었다. 나는 그녀의 아버지와 어머니에게 아무런 책임도 없으며, 아직까지는 내게 처남인 해원의 동생 또한 나와 아무런 관계가 없는 사이가 될 것이었다. 물론 나는 그를 좋아했고 비교적 친밀한 관계를 유지해왔지만 모든 관계는 유기적이며 시간이나 상황에 따라 달라질 수 있고 마땅히 그래야 하는 것이기도 하니까 말이다.

해원은 오래전부터 내가 그 근본을 헤아리기 어려운 자신만의 조금은 난해한 (하지만 단단한) 윤리관을 갖고 있었는데 그녀의 그러한 점은 우리 둘이 함께 사학과 대학원에서 공부하며 조금씩 가까워지던 시절에는 서로를 끌어당기는 인력으로 작용하기도 했다. 서로를 알게 된 지 얼마 지나지 않았을 때부터 우리는 일단 이야기를 시작하면 끝내는 방법을 몰랐다. 맥주를 한 캔 사서 편의점 야외 테이블에 앉으면 칠흑 같던 하늘이 파랗게 밝아올 때까지 대화를 멈추지 못했다.

우리가 그 무렵 마치 세상에서 가장 중요한 문제라도 되는 것처럼 몇 시간이고 물고 늘어졌던 주제는 대략 이런 것들이었다. 식물을 해치는 일은 비윤리적인가—만약 그러한 행위가 비윤리적이라면 우리는 생존이라는 근본적인 행위에 죄책감을 느낄 수밖에 없다. 그럼 왜 또 우리는 길가에 피어 있는 민들레를 아무렇지 않게 짓밟는 사람을 야만적이라고 여기는가, 또한 옥수수밭에서 옥수수를 수확하는 것과 수천 년 된 삼나무숲을 벌목하는 것은 윤리적 관점에서 과연 어떤 차이가 있는가—? 또는, 지적재산권 침해 행위와 표절의 경계는 무엇인가—인터넷에 산포된 글이나 지인이 무심코 내뱉은 말에서 발상을 얻어 예술 행위를 했을 때 저작권은 어떻게 배분해야 되는가, 수천 년 된 그리스비극을 인용 변주하는 것과 저작권 보호 기간이 끝난 백 년 전 소설을 베끼는 것은 어떻게 다른가—? 도덕적 행위는 이타적인 행위인가? 인간은 왜 사는가…… 등등. 언제나 서로의 견해는 대화가 지속될 수 있을 만큼은 달랐고, 대화를 포기하지 않을 만큼은 비슷했다. 그래서 매일 격렬하면서도 다정한 논쟁을 이어갈 수 있었고, 그것은 우리에게 일종의 로맨틱한 놀이인 셈이었다.

그러나 꽤 긴 연애 기간을 거치고, 내가 대학원을 그만두고 지금의 직장에 자리를 잡은 뒤 이어진 결혼생활을 합해 십 년이 넘는 세월 동안 그런 일이 계속되다보니 그것을 더이상 다정한 놀이라고만 여길 수는 없게 되었다. 나는 조금씩 그녀가 말이 통하지 않는 상대라고 느꼈다. 어떨 때 해원은 내가 생각하는 것 이상으로 보수적이었으며, 어떤 사안에 대해서든 결론을 내리는 걸 끊임없이 유보했다. "그건 지금 당장 얘기할 수 없는 문제야." "일단 좀더 생각해봐야겠어." 그리고 그녀는 내 논조가 늘 과격하며 나의 태도가 필요 이상으로 고집스럽다고 나를 비난하곤 했다. 가끔은 내가 너무 비인간적으로 느껴진다고 말하기도 했다. "어떻게 사람이 매번 그렇게 이상적으로만 사니?" 우리는 서로를 답답하다고 여겼으며 결론이 나지 않는 대화가 영원히 이어지는 것을 고통스러워했지만 처음 만났을 때와 마찬가지로 여전히 그것을 끝내는 법을 몰랐다. 우리는 다음날 둘 모두 출근해야 하는 상황에서도 새벽이 될 때까지 말꼬리를 잡고 늘어졌다. 상대의 주장을 짓눌렀고, 주제와는 상관없는 말로 논쟁을 키웠으며, 서로에게 상처가 되는 차가운 말을 쏘아댔다. 그래도 해원과 내가 무언의 합의로 이끌어낸 방법(그러니까 집안을 엄중한 침묵의 공간으로 만드는)은 효과가 있었다. 우리는 처음에는 논쟁거리가 될 만한 이야기를 꺼내지 않으려 노력했고 그럴 기미가 조금이라도 보이면 급히 입을 닫았다. 그러나 의도치 않았던 상황에서, 전혀 특별하지 않은 일상적인 말들이 우리에게 논쟁의 불씨를 던졌고, 또 길고 아득한 말들의 미로 속으로 우리를 밀어넣었다. 그러면 또다시 입을 닫으면서, 결국 우리는 더이상 어떠한 대화도 나누지 말아야 한다는 결론 쪽으로 나아갔다. 그것이 익숙해지자 조금은 살 만해졌다. 집안에서 키보드 두드리는 소리나 그릇 달그락거리는 소리 정도만 들려오는 적막한 나날에는 답답함도 있었지만, 끝없이 이어지던 전투의 날들에 비하면 훨씬 편안했다. 그런데 그 침묵이 의외의 사건으로, 의외의 인물을 통해서 깨지게 된 것이다. 아무리 그런 상황이었다 해도 변호사를 통해 듣게 된 이모의 알 수 없는 신변 변화에 대해서 해원에게 말하지 않을 수는 없었다.

우리가 과천에 있는 이모의 아파트에 도착했을 때 그녀는 화분에 물을 주고 있었다. 이모는 젊은 시절의 대부분을 서아프리카의 카나리아제도에서 보냈기 때문인지 집에 잎이 넓은 나무를 두는 것을 좋아했다. 이모의 집에는 수십 개의 크고 작은 화분이 있었는데, 다육식물도 꽤 많았지만 대부분은 관엽식물이었고 어떤 것은 천장에 닿을 정도로 키가 컸다. 이모는 여전히 스페인에서 가져온 오래된 선풍기나 전동 원두 그라인더 등을 사용했고, 커다란 벵골고무나무와 종려나무 화분들 옆으로는 이베리아풍 러그가 깔려 있었다. 그래서 이모의 집은 대기업 건설사가 지은 전형적인 한국형 아파트였음에도 불구하고 어딘지 이국적인 분위기를 풍겼다.

이모는 염색을 하지 않아 머리가 전체적으로 희었지만 머리숱은 여전히 풍성해서 도리어 실제 나이보다 젊어 보였다. 이모는 밝고 건강해 보였으며, 변호사가 내게 말한 것처럼 '아직 죽지 않은' 사람처럼은 보이지 않았다. 이모가 우리를 마치 아무 용건도 없이 인사차 방문한 손님처럼 대했기 때문에 한동안 우리는 이모가 내오는 수박이며 복숭아 등을 주는 대로 받아먹으며 시간을 보냈다. 내가 어떻게 말을 꺼내야 할지 고민하는 동안 이모는 벌써 날이 꽤 더워졌다느니, 잘 익은 수박을 고르려면 줄무늬와 배꼽을 봐야 한다느니("이 나이가 되어서야 수박 고르는 방법을 제대로 알게 되었지 뭐니?"), 이 앞에 들어서는 새 아파트 단지의 평당 분양가가 얼마나 나간다느니 하는 이야기들을 늘어놓았다. 그러다가 뜬금없이 우리에게 이렇게 물어보기도 했다. "너희 요즘 사이는 좋니?" 나와 해원은 거짓말에 서툰 사람들이었기 때문에 둘 다 잠시 머뭇거리느라 대답을 하지 못하다가, 나보다는 그나마 조금 나은 해원이 먼저 입을 열어 "그럼요. 좋아요, 이모"라고 대답했다. 나는 별다른 말을 보태지 않고 부채꼴 모양으로 잘린 수박 조각을 집어먹기만 했다.

그러고도 한 시간 정도 사소하고 일상적이며 무의미한 이야기들이 오갔는데, 갑자기 이모가 우리에게 백개먼 게임을 하자고 했다. 백개먼은 이모가 스페인에 있을 때 즐겨 했던 일종의 전통 보드게임인데, 나는 어린 시절부터 이모와 종종 그 게임을 했고 결혼 후에는 해원도 이모에게 하는 법을 배워서 종종 같이 하곤 했다. 물론 나는 백개먼을 좋아했지만 그날은 그런 거나 하자고 거길 찾아간 것이 아니었기 때문에 그러고 싶지 않다고 대답했다. 나는 이모에게 대답하는 내 목소리를 듣고서야 나의 기분이 조금 상해 있었다는 것을 깨닫게 되었다. 그것은 이모에 대한 걱정 때문이라기보다는 무언가 내가 알 수 없는 일이 벌어지고 있으며, 이모가 그것을 숨긴 채 나를 놀리고 있는 것 같다는 생각을 지울 수가 없었기 때문이었다.

"그런 건 나중에 해요, 이모. 백개먼이나 하려고 회사에 연차를 내고 여기까지 온 건 아니에요. 아시잖아요?"

그러자 이모는 하던 말을 멈추고 내 얼굴을 쳐다보았다. 이모는 희미하게 미소를 머금고 있었다. 그것은 정말 미소를 지은 것이 아니라 오랜 세월 사람들을 상대하며 살아와 자연스럽게 얼굴에 새겨진, 일종의 깊이 파인 주름 같은 것이었다. 이모는 사실 굳은 얼굴을 하고 있었다. 그녀는 잠시 동안 그런 얼굴로 있다가, 다시 살가운 미소를 띠며 내게 말했다.

"돈을 걸고 해보면 어떨까? 원래 백개먼은 돈을 걸고 해야 제맛이거든."

"돈이라고요? 말씀 잘하셨네요. 그 돈은 대체 뭐예요? 변호사는 또 뭐고요."

"그 사람한테 얘기 못 들었니?"

"전 아무 얘기도 못 들었어요. 유산 어쩌고 하는 말도 안 되는 얘기 말고는요."

"말이 왜 안 돼. 다 알아본 거야."

"그게 어떻게 말이 돼요? 유산은 죽은 사람이 남기는 거잖아요. 이모가 죽었어요?"

"지금은 아니지."

"혹시 암이라도 걸렸어요? 말기래요?"

나는 거기까지 말하고 나서야 내가 이모를 지나치게 몰아붙이고 있다고 생각했다. 그렇게 말했는데 이모가 진짜 암이라면? 암세포에게 목숨을 위협받고 있는 상황이라면? 그러나 이모가 "그건 아니다"라고 말해서 나는 안심할 수 있었다. 그러자 흥분했던 마음이 조금 가라앉았다. 나는 우습게도 그 짧은 시간 동안 화를 내다가, 당황했다가, 그다음에 이모의 말을 들을 준비가 되었던 것이다. 이모는 그러고 나서 한동안 머뭇거렸는데 그 머뭇거림이 이상하게 느껴졌던 건 아무리 봐도 그것이 다름 아닌 쑥스러움에서 나온 듯한 행동이었기 때문이다. 그녀가 다음에 이어서 한 말을 생각하면 전혀 이해가 안 되는 것은 아니면서도 역시나 그 상황에서 쑥스러움을 느낀다는 건 사실은 어딘지 굉장히 이상하고 비상식적이라는 생각이 들었다. 이모는 얼마 후에는 단호하게, 결의에 찬 사람처럼 말했지만 그렇게 하기 전 아주 잠시 동안 분명히 머쓱해했고, 도리어 그 머뭇거림이 이모의 말을 거짓이나 장난이라고 치부할 수 없게 만들었다.

"애들아, 이모는 스위스에 갈 거란다. 그리고 거기서 죽을 거고."

어쩌면 이모는 조금 완곡한 표현, 이를테면 '그리고 다시는 돌아오지 않을 거고' 같은 식으로 말할 수도 있었을 테지만 구태여 '죽을 거고'라고 말함으로써 혹시라도 우리가 할지 모르는 오해 같은 것을 차단하려고 했던 것 같다. 그녀는 한 번의 말로 우리에게 오해의 여지 없이 자신의 의사를 확실하게 전달했다. 이모는 스위스에 갈 것인데, 한국으로 돌아오지 않고 거기서 스스로의 의지로 죽을 것이다. '스위스'와 '죽음'이라는 두 단어가 암시하는 것은 하나밖에 없었다. 그것은 나와 해원이 그동안 수도 없이 해왔던 윤리 논쟁의 주제로 이미 다뤄진 적이 있는 것이었다. 우리 또한 그것을 아주 먼 훗날, 합리적인 사유는 할 수 있지만 더이상 육체를 완벽히 통제하지 못하는 절망적인 상황이 된다면 선택할 수 있는 하나의 옵션으로 두고 있었다. 그러니까 스위스에 가서 존엄성을 지킨 채로 안락하게 죽는 것, 그 일을 이모는 지금 하려고 하는 것이었다.

집으로 돌아오는 차 안에서 우리는 이모의 계획에 대해 이야기를 나누었다. 보통 때와는 달리 우리의 견해는 어느 정도 일치했다. "그래도 너무 일러." "맞아, 아직 건강하신데." "얼마 전에 환갑이셨잖아." "삼 년 전이었어. 우리가 침대를 사드렸잖아." "그래, 아직 새것이나 다름없겠네." 이런 식의 대화를 나누다가 나는 문득 그렇다면 우리가 새 물건을 그만 사게 되는 순간은 언제인가, 라는 생각으로 빠져들었다. 내가 지금 사는 물건이 헌것이 되는 걸 내 눈으로 보지 못할 것이라는 확신이 드는 순간은 얼마나 나이가 들었을 때일까. 그때가 되면 더이상 새 물건을 사지 않고, 내가 가진 헌 물건들이 모두 나만큼 낡을 때까지 기다리는 일밖에 없는 것인가, 그럼 내 낡은 몸이 온통 낡은 물건들에 둘러싸인 채 삶의 마지막 순간을 맞이하게 되는 것인가, 하는 생각들을 했다. 그러고 보니 얼마 전에 기르던 고양이가 죽은 후 더욱 외로워졌을 것이 분명함에도 이모가 다른 고양이를 들이지 않았다는 사실이 떠올랐다. 이모는 결혼한 적이 없었고 당연히 자식도 없었기 때문에 혼자 살고 있었다. 그래서 일을 그만둔 후로는 집에서 고양이와 함께 시간을 보내는 게 일과였다. 가끔 엄마와 함께 동해안으로 짧은 여행을 다녀오거나 교외의 호숫가에 가서 한정식을 먹기도 했지만 주로 집에 머물고 외출은 거의 하지 않았다.

엄마의 말에 따르면 젊었을 적의 이모는 누구보다 활동적이고 에너지가 넘치는 사람이었다고 했다. 그녀가 대학에 들어갔을 때만 해도 우리나라의 건설사들이 중동으로 진출해 있었고 많은 노동자들이 마치 골드러시 시대처럼 그곳으로 향하고 있었다. 그들이 사우디아라비아나 이란으로 향하고 있을 때 이모는 오일러시의 시대를 맞이해 한국외대 아랍어과에 입학했다. 그러나 이모가 직장을 구할 때는 중동의 열기가 어느 정도 식어갈 무렵이어서 이모는 새로운 활로를 개척했다. 사실 자의로 새로운 활로를 찾았다기보다는 우연찮게 일하게 된 조그만 무역회사에서 해외 지사로 발령을 내는 바람에 떠난 것이긴 했지만, 어쨌든 이모는 열정을 품고 카나리아제도로 향했다. 그녀는 그곳에서 해산물 수입을 관리하는 일을 했다. 대서양 먼바다에서 잡혀 급속 냉동된 오징어나 다랑어 같은 것을 한국으로 유통시키는 일이었다. 이모는 처음 몇 년간은 회사에 소속된 채 일했는데 나중에는 사표를 내고 직접 무역업에 뛰어들었고, 그때 사업으로 돈을 꽤 벌었다고 했다. 큰 부자가 되지는 못했지만 낭비하지 않으면 평생 일하지 않고 살 수 있을 만큼의 돈을 모았고, 그렇게 되었을 때 미련 없이 사업을 접고 귀국해 지금까지 조용하고 안온한 삶을 살아오고 있었던 것이다.

엄마는 이모의 계획에 대해서 이미 알고 있었다. 내가 전화로 그 이야기를 꺼내자 엄마는 이제 자신도 지쳤다는 목소리로 이렇게 말했다.

"너한테도 변호사인지 뭔지가 찾아갔니? 네 이모가 자꾸 말도 안 되는 소리를 해. 유산은 무슨 유산이라니? 맘대로 하라 그래라."

"이모가 언제부터 저랬어?"

"한 달쯤 전에 나한테 뭐 스위스에 가겠다고 그러질 않니? 원래 그러려고 했대. 옛날부터 그러려고 했다는 거야."

"그래서 뭐라고 했어?"

"내가 울면서 싹싹 빌고 눈앞에서 죽겠다고 해도 꼭 그래야겠단다. 내가 더 무슨 말을 하겠니."

엄마는 처음에는 장난인 줄 알고 적당히 맞장구를 쳤다고 했다. 그래 언니, 가려면 나도 같이 가자, 사는 게 왜 이렇게 힘이 든다니? 그런데 이모가 진심이라는 걸 알고는 이모에게 우울증 치료를 권하고, 하루가 멀다 하고 집으로 찾아가서 자고 오기도 했다는 것이었다. 그러나 이모는 자신이 그런 결정을 내린 것은 우울증 때문도 아니고 외로워서도 아니며 그저 자신이 그걸 원하기 때문이라는 말로 엄마를 설득하려 들었다. 물론 엄마에게 그것은 전혀 설득력이 없는 말이었고, 엄마는 이모가 큰 병에라도 걸렸는지, 아니면 자신도 모르는 사이에 빚이라도 진 것인지 재차 캐물었지만 이모는 그런 이유가 아니라고 했다는 것이었다. 그것은 나의 첫 반응과 다르지 않았다. 나는 이모가 내게 그 계획에 대해 말했을 때, 생각할 수 있는 모든 가능성을 놓고 질의응답을 진행했다. 혹시 향정신성 약물을 복용중입니까? 자주 우울감을 느낍니까? 환각을 봅니까? 최근에 실연을 당한 적이 있습니까? 누군가에게 협박을 당하고 있지는 않습니까? 종교적 체험을 한 적이 있습니까? 세상에 대해 혐오감을 느낍니까? 이모의 대답은 모두 '아니오'였다.

"그렇다면 대체 왜요? 그리고 왜 지금이냐고요."

"왜냐하면 내가 그러고 싶기 때문이다. 지금 그렇게 하고 싶기 때문이야."

이모는 한 달 후에 떠날 예정이라고 했다. 이모의 생각으로는 이별을 준비하기에 너무 길지도 않고 짧지도 않은, 가장 적당한 기간이 한 달이었던 것이다. 너무 짧아서 충분히 설득할 시간이 없거나 아니면 너무 길어서 서로가 지치지 않을 만큼의 기간.

집으로 돌아온 해원과 나는 이모에 대해서 쉽게 말을 꺼내지 못했다. 그것은 우리가 그동안 수없이 논쟁의 주제로 삼아왔던 그 어떤 것보다도 실재적이고 가까운 것이었다. 우리는 실재적인 것, 우리와 직접적인 연관이 있는 것을 대화 주제로 삼는 일에 익숙지 않았다. 나와 해원은 오히려 관념적인 것, 우리와 먼 것에 대해 이야기하는 쪽이 더 편했다. 우리는 우주의 존재 이유에 대해서는 며칠이고 떠들 수 있었지만 이모의 죽음에 대해서는 그렇지 않았다. 우리는 사형제도에 대해서는 며칠이고 논쟁을 이어갈 수 있었지만 이모가 자신을 죽이는 일에 대해서는 입을 열지 못했다. 나는 어떻게 해야 이모의 마음을 돌릴 수 있을지 고민했지만 방법이 떠오르지 않았다. 이모는 이미 변호사를 통해 재산을 정리해두었으며, 안락사를 도와주는 스위스 단체에 신청을 마쳤고 취리히행 항공편은 물론 죽음을 맞을 아파트까지 예약해둔 상태였다. 이모는 모든 준비를 마친 것이다. 동생이 울고불고 떼를 써봤지만 꿈

쩍도 하지 않은 사람을 조카인 내가 설득할 수 있을 것 같지 않았다. 그래서 나는 아침으로 먹을 토스트를 굽다가 혼잣말처럼 "우리가 이모를 말릴 수 있을까?" 하고 중얼거렸다. 그러자 해원이 "그렇다고 알겠습니다, 편한 대로 하세요, 하고 보내드릴 수는 없잖아"라고 말했고 나는 "끝까지 생각을 굽히지 않는다면? 이모가 기어이 뜻대로 하겠다고 한다면?" 하고 말했는데 여기까지 말했을 때 머릿속으로 이모가 남긴 유산에 대한 생각이 스쳐갔다. 이모에게 다녀온 이후로 그동안 완전히 잊고 있던 것이었다. 우리는 돈이 궁하지 않았다. 나는 대형 신문사의 인사팀에서 일하고 있었는데 곧 있으면 차장으로 승진할 가능성이 높았다. 회사에서 나는 잘해내고 있었고 그에 걸맞은 월급을 받고 있었다. 해원은 얼마 전 모교에서 조교수로 임용되었고 별다른 일이 없다면 정교수까지 가는 일은 어렵지 않을 것이었다. 우리가 살고 있는 아파트의 대출은 진작 모두 상환했으며 그 어느 때보다도 경제적으로 안정된 상태였다. 만약에 우리가 갈라선다면? 그래도 문제될 건 아무것도 없었다. 지금 사는 집을 처분하면 서울에 혼자 살기 적당한 집을 각자 하나씩 마련할 정도의 돈은 손에 쥘 수 있을 것이었다. 우리에게든, 나에게든 이모가 남긴 돈은 큰 의미가 없었다. 그러나 내가 만에 하나 이모의 선택을 지지한다고 했을 때, 적어도 이모의 생각을 돌리는 일을 포기한다고 했을 때 그 돈에서 완전히 자유로울 수 없다는 생각은 지울 수 없었다. 그것은 방해물이었다. 이 문제를 놓고 합리적인 판단을 하고 행동하는 데에는 오히려 걸림돌이 되었다. 나는 이모가 왜 굳이 그 돈을 내게 '먼저' 남겼는지 알 수가 없었다. 이렇게 생각하는 와중에 해원이 대답했다. "끝까지 말려야지. 그게 우리 할일 아니야?"

그러나 그녀는 나중에 가서는 전혀 다른 소리를 했다. 이 주 만에 다시 이모를 만나고 온 다음날 아침에 침대 머리에 등을 기대앉은 채 난데없이 이렇게 말한 것이다.

"아무래도 이모의 결정을 지지해드리는 게 좋을 것 같아."

그녀는 새벽부터 잠을 이루지 못했는지 아니면 아예 잠을 자지 않은 건지 이른아침임에도 정신이 도렷해 보였다.

"왜 갑자기?"

"어떻게 죽을지는 삶에서 가장 중요한 문제고, 누구든 그걸 선택할 권리가 있어."

"네 말이 맞아. 그리고 그걸 사람들은 자살이라고 하지."

"신중히 생각하고 말하는 거야. 꼭 그렇게 비꼬아야겠어?"

"우리는 신중히 생각할 필요가 없어. 지금 신중해야 할 사람은 이모뿐이야."

"이모가 신중하지 않았을 거라고 생각해?"

"그럼 이모한테 이렇게 말할까? 알았어요, 이모. 이모 뜻을 잘 알겠어요. 유산은 고맙게 잘 쓸게요. 그럼 스위스까지 편안한 여행 되세요."

해원은 대답하지 않았다.

한동안 나와 해원은 각자의 일로 바빠 이모를 찾아갈 시간이 없었다. 사실 찾아갈 시간이 없다기보다는 잠시 그 일을 미뤄놓기에 좋은 핑계를 찾았다는 쪽에 가까웠다. 그리고 우리는 그 일에 대해서 대화를 나누는 것을 (의식적으로든 아니든) 피했는데 그 이유는 앞으로 이모에게 일어날 일에 대한 판단―윤리적 판단과 현실적 판단을 동시에 내려야 하고 그것이 옳은지 스스로도 확신하지 못한 상황에서 빠른 시간 내에 그것을 공개한 뒤 행동에 나서야 했기 때문이었던 것 같다. 이모에게 몇 번 전화를 하긴 했지만 나는 무슨 말을 해야 할지 몰랐다. 이모에게 안부를 묻고, 이모가 내 안부를 묻고, 내가 "여전히 생각은 변함이 없으세요?"라고 묻고 이모가 "그래, 그리고 아마 변할 일은 없을 거다"라고 대답하는 식의 통화를 몇 번 한 후로는 그 일에 대해서 입을 열기가 쉽지 않았다. 그렇다고 아무 일도 없었던 것처럼 지낼 수는 없어서 생각날 때마다 전화를 하긴 했지만 그저 밥은 드셨냐 건강은 괜찮냐 같은, 지금 상황에서는 무의미해 보이는 질문들을 했을 뿐이었다.

나는 해원에게는 물론, 스스로에게도 납득이 될 만한 결론을 내리지 못하고 있었다. 나는 나 자신을 설득하지 못하고 있었다. 아니, 그게 아니라 스스로를 설득할 '내용'을 가지고 있지 않았다. 나는 오랜 기간 지속해온 해원과의 논쟁에서는 매 주제에 대해 직관적으로 결론을 내린 뒤 그것을 연역적으로 증명하는 식의 대화를 해왔다. 그런 방식으로 한다면 이렇게 말해야 했다. "모든 인간은 스스로의 생존 여부를 결정할 권리가 있어. 그리고 이모는 인간이야. 그러므로 이모는 자신의 생존 여부를 스스로 결정할 권리가 있어." 하지만 귀납적으로 생각해본다면? "누구도 신체 건강한 가족이 죽겠다고 할 때 그냥 두고만 있지 않아. 아마 내게 전화를 건 그 변호사도 막상 자기 일이 되면 그러고만 있지 않을 거야. 심지어 이모도 내가 그러겠다고 하면 온 힘을 다해서 말릴 거야. 그러니 나는 역시 이모를 스위스로 보낼 수 없어."

나와 해원은 이모의 계획을 들은 이후로, 놀랍게도 다른 어떤 일로도 말다툼을 벌이지 않았다. 생각해보면 우리에게는 우리가 나누는 말 외에는 아무 문제도 없었는데, 부부 상담사는 이렇게 말하기도 했다.

"두 분에게는 아무런 문제가 없어요. 두 분은 논리에 대한 강박을 갖고 있을 뿐이에요. 관념적인 대화를 줄이세요. 구체적인 대화를 하세요. 현실에 대해 이야기하세요."

그때 아마도 우리 둘 중 하나가 이렇게 대답했던 것 같다.

"선생님, 우리는 늘 현실에 대해서만 이야기해요. 우리 주변을 둘러싸고 있는 일들은 모두 현실이라고요."

우리는 이모에게 새 화분을 사가지고 갔다. 나는 거의 내 어깨까지 오는 율마 화분을 힘겹게 거실로 옮겼다. 그러나 이모는 화분에 대해 아무 말도 하지 않았고 나도 무슨 말을 보태지 못했다.

나는 이모에게 물은 얼마나 줘야 하는지, 햇볕은 얼마나 쬐여줘야 하는지 화원에서 들은 대로 이야기해주었지만 이모도 말하는 나도 그 말을 귀담아듣지 않았다.

그리고 에멘탈치즈와 함께 코냑을 마시며 백개먼을 했다. 우리는 이모의 계획에 대해 들은 적이 없는 것처럼 평범한 대화를 나누며 게임을 했다. 이모도 그 이야기는 더이상 하고 싶지 않은 듯했다. 나와 해원은 백개먼을 하는 게 너무 오랜만이라 자꾸 규칙을 헷갈려했다. 백개먼은 주사위 두 개를 굴려 자신의 말을 탈출시키는 게임인데, 그날따라 이모는 자꾸 가장 높은 눈인 쌍륙이 나왔고 우리는 속수무책으로 당했다. 나중에는 내가 빠지고 이모와 해원 둘이서 몇 판 승부를 벌였지만 마치 신이 돕는 것처럼 주사위 눈은 이모에게 유리하게 나왔고 해원은 한 판도 이기지 못했다. 이모는 쌍륙이 나올 때마다 세상에서 가장 행복한 사람처럼 웃음을 터뜨렸다. "내가 이 맛에 이걸 하지." 이모가 기어이 '백개먼'을 달성하며 압도적인 승리를 거뒀을 때 해원은 더이상은 못하겠다고 두 손을 들어올렸고 그때는 이미 자정이 넘은 시간이었다. 이모는 코냑을 꽤나 많이 마셨는데, 내가 그만 마시는 게 좋겠다고 하자 나른한 몸짓으로 손을 휘휘 저었다. 나는 그래서 말리는 것을 그만두었다. 그래 어차피, 하는 생각을 하다가 나는 그런 생각을 하는 나 자신에 대해서 놀랐고, 그래서 어차피, 까지만 생각하고 그다음에 생각하려 했던 것에 대해서는 생각하지 않았다.

내가 이모에게 무언가 말을(무슨 말을 하려던 건지는 나도 모르지만) 하려고 했을 때 이모는 주사위를 들어올리더니 그것을 만지작거리며 이야기를 시작했는데, 이런 내용이었다.

"처음 스페인에 갔을 때는 특별히 할일이 없었어. 그때는 지금처럼 인터넷 같은 게 있지도 않았거든. 아는 사람도 없었고. 저녁 일곱시만 되면 거의 모든 가게가 문을 닫았어. 그래서 백개먼을 배웠지. 밤늦게까지 할 만한 거라고는 그것밖에 없었어. 그곳 사람들은 모이기만 하면 백개먼을 했어. 나는 그 민속놀이 같은 게 뭐가 재미있나 했지. 나한테 그걸 알려준 사람은 호세라는 남자였는데 우리 회사에서 고용한 선장이었어. 그 사람은 못생겼지만 나쁜 사람은 아니었어. 거기에는 나쁜 사람도 많았지. 늘 조심해야 했어. 추행을 당하는 것은 일상이었지. 그래서 나는 거기서 남자처럼 행동했어. 목소리를 높이고, 사람들을 거칠게 대했지. 술을 많이 마셨고, 종종 마리화나를 피웠어. 그리고 백개먼을 했지. 처음에는 푼돈을 걸고 했지만 나중에는 판돈이 점점 커졌어. 딸 때도 있고 잃을 때도 있었지. 몇 년간은 재미있었어. 한국에 있을 때에 비하면 벌이가 아주 좋았고, 일도 어려울 게 없었어. 그저 그곳에서 시간을 보내는 방법만 알면 됐어. 선장들은 한국에서 온 무역업자들에게 잘 보이려고 노력했어. 한국 회사에 수산물을 대면 안정적으로 돈을 벌 수 있었거든. 그런데 어느 날 호세가 나를 찾아와서 한 번만 도와달라는 거야. 자기를 구해달라고 했어. 듣고

96

보니 며칠 후에 아주 큰 판을 벌이기로 했다는 거였어. 배를 걸고 백개먼을 하기로 했다는 거였지. 호세는 자신이 연달아 돈을 잃었고, 배를 따지 않으면 살아갈 방도가 없다고 했어. 나는 아주 살짝만 거들면 된다고 하면서. 게임에 꼈다가 물러나서 중요한 순간에 주의를 끌어주기만 하면 된다고 했어. 아마도 내가 동양인이고 여자이기 때문에 부탁을 한 거겠지. 나는 거절했지만 그는 끈질기게 부탁했어. 은근히 협박도 했지. 내가 이미 이 계획을 알아버렸으니 자신을 도와줄 수밖에 없다는 거야. 그리고 자신에게 무슨 일이 생기면 그곳에서 계속 일하는 데 곤란함을 겪을 거라고도 했지. 그는 흥분했는지 겁을 먹었는지 떨리는 목소리였지만 물러설 것 같지 않았어. 호세의 계획은 너무 간단해서 웃음이 나올 정도였어. 주사위를 교묘하게 깎아서 쌍륙이 잘 나오게 만든 거였지. 겉보기에는 정육면체의 평범한 주사위일 뿐이었지만 시험삼아 굴려봤더니 정말 자주 쌍륙이 나왔어. 그게 다였어. 아주 단순했어. 손으로 깎아낸 조악한 주사위로 배 한 척을 얻으려고 했던 거지. 나는 그가 신호를 보내면—주사위를 바꿔치기할 때 말야—어떻게든 상대의 주의를 끌면 됐어. 위험한 일이긴 했지만 어려운 일은 아니었지. 나는 사실 그가 말한 성공 보수나 어설픈 협박 때문이 아니라 그저 호기심 때문에 그 일에 가담하기로 했어. 들통이 나더라도 다른 나라에서 온 무역업자를 어떻게 하지는 못할 거라는 순진한 생각도 있었지. 나는 역할을 제대로 해냈어. 호세도 잘

했지. 처음이 아닌 것처럼 능숙했어. 내가 상대의 주의를 끌 때 그는 주사위를 잽싸게 바꿔치기했어. 아무도 눈치채지 못했지. 호세의 주사위 눈은 확실히 좋았어. 효과가 있었던 거지. 그런데 이상한 일이 일어났어. 상대는 호세보다 더 많이, 계속해서, 마치 기적처럼 계속해서 쌍륙이 나왔어. 마치 신이 장난을 치는 것 같았지. 호세는 더욱 필사적으로 주사위를 굴렸지만 결국 그날 그는 배를 잃었어. 그러고는 나한테 화를 냈지. 내가 역할을 제대로 못해 냈다면서. 사실 내가 역할을 제대로 해냈다는 걸 그도 알고 있었어. 그래서인지 나중에는 여자와 팀을 짜서 부정을 탄 거라고 했지. 그러고는 주저앉아서 울었어. 아이처럼 큰 소리로 울었지. 나는 울고 있는 그를 남겨두고 집으로 돌아왔어. 그리고 새 동업자를 찾았지. 얼마 후에 나는 회사를 그만두고 사업을 시작했고, 너도 알고 있듯이 회사에 소속되어 있을 때보다 많은 돈을 벌었어. 그가 계속 성실히 일했더라면 내 삶도 바뀌었을지도 몰라. 그런데 재미있지 않니? 어쨌든 호세는 상대를 속이는 데 성공했지만 배를 잃었고, 상대는 호세에게 속았지만 배를 얻었잖아."

그 밤이 지나고 얼마 후 해원과 나는 이모와 함께 취리히행 비행기에 올랐다. 그 과정에서 엄마는 몇 번이고 이모를 어르고 달래고 사정했다. 이모는 오히려 침착하게 엄마를 설득했다. 엄마는 이모의 결심이 우리 모두의 예상보다 훨씬 군건하다는 것을 깨달은 후에는 더이상 말을 하지 않았다. 엄마는 아마 나와 비슷한 생각을 했던 것 같다. 이모에게는 우리 외에는 가족이 없었고 몇 명의 친구들을 제외하면 작별을 고할 사람은 우리뿐이었다. 이모가 그대로 스위스로 떠난다면 그녀는 누구의 이해도 받지 못한 채로 세상을 떠나게 되는 것이었다. 그래서 엄마는 끝까지 이모를 말리지 못했던 것 같다. 그러나 공항에 나가지는 않았다. 차마 거기 나가서 배웅은 할 수 없을 것 같다고 했다. 그래서 엄마는 이모가 떠나기 전날 함께 한정식을 먹고 나서 헤어졌다. 스위스로 향하는 비행기에서 이모가 말하기로는 헤어질 때 엄마는 이모를 부둥켜안고는 이렇게 말했다고 한다. "그냥 유럽 여행이나 하다 돌아와. 정말로 죽으면 앞으로 언니 다시는 안 볼 거야." 그리고 이모는 이렇게 덧붙였다. "네 엄마는 꼭 내가 거기서 안락사라는 걸 한 다음에 다시 한국으로 돌아올 것처럼 말하더라니까."

우리는 취리히공항에서 차를 빌린 뒤 이모가 아파트를 빌려두었다는 우스터시市로 향했다. 이모는 고급 호텔에 묵고 싶어하지도 않았고 마지막으로 알프스를 보고 싶어하지도 않았다. 나는 이모가 스위스로 올 때 일등석을 타지 않은 것이 이상하다고 생각했지만, 일등석을 탔다면 그것도 그것 나름대로 이상했을 거라는 생각도 들었다. 운전은 이모가 했다. 이모는 나와 해원이 함께 오겠다고 해서 오긴 했지만 누구의 도움도 받지 않고 준비된 곳까지 가고 싶다고 했다. 자동차 안에서는 이모가 기르던 고양이에 대해서 이야기했다.

"복순이(이모가 기르던 삼색고양이의 이름이다)는 신부전으로 고생했어. 나이가 들어서는 제대로 밥도 먹지 못했지. 당연히 오줌을 눌 때마다 고통스러워했어. 나중에는 합병증으로도 고생했지."

나와 해원은 뒷좌석에 앉아 듣기만 했다.

"그래서 내가 병원에 데려갔어. 그리고 주사를 놓아줬지. 오래 걸리지도 않더라. 정말이지 잠든 것 같았어."

"이모, 이모는 고양이가 아니에요." 나는 나도 모르게 쏘아붙이 듯 말했다.

"나는 복순이에게 완벽한 삶을 주고 싶었어. 고양이는 과거와 미래를 생각하지 않아. 고양이에겐 현재밖에 없지. 나는 복순이가 매 순간 완벽한 시간을 보냈으면 했어. 어떤 고통도 없이. 아마 거의 그랬을 거야."

"이모, 아무래도 안 될 것 같아요. 더이상은 안 되겠어요. 이게 다 뭐하는 짓인지 저는 아무리 생각해도 모르겠다고요."

"얘야, 이건 용기가 필요한 일이야. 내가 하려는 건 지금까지 이모가 한 일 중에 가장 용기가 필요한 일이야. 복순이를 그렇게 보내주는 것도 용기가 필요한 일이었어."

"그럴 이유가 없어요. 용기를 낼 필요가 없는 일이라고요."

"두번째였어. 한 번 복순이를 병원에 데리고 갔다가 참지 못하고 도로 나왔거든. 그곳에 다시 가는 데에는 처음보다 더 큰 용기가 필요했지."

이모가 그렇게 말해서 나는 입을 다물었다. 정말로 스위스에 가게 된다면, 스위스에서는 이모와 다투지 않겠다고 다짐했기 때문이다. 이모는 내비게이션을 보고 찾아간 한 건물 앞에 차를 세웠다. 전체적으로 큐브 형태의, 나무로 만든 이층집이었다. 외벽이 푸른색으로 도장된 그 집은 겉으로 봐서는 뭐하는 곳인지 알 수가 없었다. 이모는 우리더러 잠시 기다리라고 한 뒤에 그곳에 들어가서 한 시간 정도 나오지 않았다. 이모가 우리를 안심시킨 뒤 벌써 일을 끝냈나 하는 걱정마저 들었을 무렵 그녀는 차로 돌아왔다. 그러고는 다시 차를 몰아 시내로 향했다. 시내에 들어서서는 한 아파트 앞에 차를 세웠다.

"다 왔다. 너희는 들어와도 되고 들어오지 않아도 돼."

나는 들어가지 않겠다고 했다. 해원은 아무 대답도 하지 않았다. 이모는 나와 해원을 한 번씩 안았다. 나는 혹시라도 마음이 바뀌면 곧장 때려치우라고 다시 한번 말해야 하는지, 아니면 정말로 마지막이 될지 모르니 그동안 고마웠다고, 잘 가시라고 인사말을 해야 하는지, 아니면 다른 어떤 말을 해야 하는지 알 수 없어서 그냥 이모를 쳐다보기만 했다. 해원은 이모에게 고개를 꾸벅 깊이 숙여 보였다.

이모가 안으로 들어간 뒤 우리는 길에 그대로 서서 어찌할 바를 모르고 있었다. 얼마 후에 의사 가운을 입은 나이든 여자가 아파트 안으로 들어갔다. 인터넷으로 알아본 바에 의하면 의사는 신청자가 자신의 의지로, 스스로의 힘으로 약을 먹도록 도와주는 일만 한다고 했다. 그리고 마지막에는 얼마든지 마음을 바꿀 시간을 준다고 했다. 신청자는 일 분 만에 그 약을 들이켜도 상관없고, 반나절을 고민하다가 포기해도 괜찮다고 했다. 초여름의 강한 햇빛이 쏟아지고 있어 나와 해원은 손차양을 만들어 이모가 올라간 아파트의 창문을 바라보고 서 있다가 처마 아래 그늘로 자리를 옮겨 앉았다. 멀지 않은 곳에 수탉 모양의 풍향계가 높이 솟아 있는 게 보였는데 그것이 바닥에 길쭉한 그림자를 만들고 있었다. 마치 물음표를 그리고 있는 듯한 그림자가 아주 서서히 움직여 이모가 있는 아파트까지 다다르는 동안 우리는 바닥에 앉아 말없이 무언가를 기다렸다. 그러나 나는 의사가 나오든 이모가 나오든 무슨 말을 해야 할지 알 수 없었고, 그래서 해원과 나는 말하는 법을 잃은 사람들처럼 그곳에서 침묵한 채 기다렸고, 그리고 아무것도 기다리지 않았다.

무사하고 안녕한 현대에서의 삶

나는 일어나서는 안 되는 불운한 일들에 대해 자주 생각하곤 했다. 이를테면 중앙차선을 사이에 두고 마주 오던 자동차가 갑자기 방향을 틀어 정면으로 돌진해온다거나, 아파트를 나서는데 이십삼층에서 실수로 떨어뜨린 고무나무 화분에 머리를 맞는다거나 하는 일들에 대해. 그것은 언제부터 시작되었는지 알 수 없는 오랜 습관 같은 것이었는데 일부러 그만두려 하지는 않았다. 나는 그런 생각들을 하는 걸 즐기기까지 했다. 결국 그런 일들은 실제로 일어나지 않는다는 사실이 매번 작은 안도감을 주었기 때문이다. 오히려 머릿속의 불운이 가혹하면 가혹할수록 그것은 나와 멀게 느껴졌고 그런 일은 결코 내 삶에서 일어나지 않을 것이라는 뚜렷한 확신을 가질 수 있었다. 상상이 아닌 실제 삶에서는, 떠올릴 수 있는 작은 불행은 물론 상상할 수 있는 가장 거대한 불운까지, 그 어떤 것도 내게 닥치지 않았다. 그도 그럴 것이 나는 그저 평범한 사람일 뿐이었고 평범한 사람에게는 특별한 행운이 찾아오지 않는 것만큼이나 유별난 불행도 가까이 오지 않는 법이었다.

나의 평범함에 대해서는 별로 덧붙일 만한 말이 없다. 대학원에서 문헌정보학을 전공한 나는 작은 공립 도서관에서 사서로 일하다가 일이 잘 풀려 법무부 문서실에서 별정직 공무원으로 일하고 있었다. 문서실에서 내가 하는 일이라고는 자료를 정리하고 열람 요청이 들어온 문서를 찾아주는 일뿐이었는데, 물론 그것만으로도 하루가 가고 이틀이 가고 삼백육십오 일이 가기에 충분했다. 법무부에는 관리해야 할 문서가 차고 넘쳤다.

나는 아침이면 자전거를 타고 한산한 가로수길을 따라 십오 분을 달려 출근을 했고 저녁이 되면 같은 길로 되돌아왔다. 주말이면 공원 둘레를 달리고 영화를 봤으며 가끔은 여자친구인 선영과 가까운 바닷가로 드라이브를 가기도 했다. 선영과 나는 여름이 지나고 가을이 오면 결혼식을 올리기로 되어 있었으며 이후에는 그녀가 지금 내가 살고 있는 작은 아파트로 들어올 예정이었다. 선영은 주로 어린이책에 들어갈 삽화를 그리는 그림 작가였는데 프리랜서로 일하고 있었기 때문에 시간적 여유가 있는 편이었다. 우리는 저녁에는 요리를 하고 주말에는 함께 마트에 가며 바람이 불지 않는 선선한 날에는 공원에서 배드민턴을 칠 것이다……

십 년 후라도 별로 달라질 것을 기대할 수 없는 안온하고 평탄한 삶이라고 할 수 있었다. 십 년 후에도 우리는 저녁에는 요리를 하고 주말에는 함께 마트에 가며 바람이 불지 않는 선선한 날에는…… 그런 삶을 사는 한편 나는 일어나서는 안 되는 불운한 일들에 대해 자주 생각했다. 선영과 한낮에 알몸으로 침대에서 뒹굴거리고 있을 때 어디선가 희미하게 가스 냄새가 났는데 나는 그녀에게 "가스 냄새 나지 않아?" 하고 물었고 그녀가 "음…… 잘 모르겠어"라고 대답했다. 그 순간 나는 뭔가 단단한 것이 팽창하다가 임계점을 넘어 마침내 터져버린 듯한 격렬한 굉음이 귀를 때리고, 우리는 도망쳐볼 틈도 없이 알몸인 채로 순식간에 까맣게 불타 죽는 상상을 했다. 시내의 스페인 레스토랑에서 저녁을 먹을 때 선영이 "그런데 말야……"라고 무언가 이야기를 꺼내려 했을 때는 그녀가 내게 파혼하자고 말하는 상상을 했다. 나 사실 만나는 남자 있어, 예식장 취소 수수료는 내가 낼게, 라는 말을 덧붙이면서. 샤워를 하고 욕실에서 나와 형에게서 온 부재중 전화 표시를 발견했을 때에는 어쩌면 부모님이 비행기 사고 같은 것으로 죽었을지도 모른다고 생각했다(어머니와 아버지는 북유럽을 여행 중이었다). 나는 곧바로 택시를 잡아탄 뒤 공항으로 향하면서 아이폰으로 암스테르담 혹은 코펜하겐으로 가는 항공권을 구입하고 시신을 한국으로 운구하는 방법을 검색하고…… 그러나 그런 일은 실제로 일어나지 않았다. 그런 일은 아무래도 좀처럼 일어나지 않는다. 형은 그저 내게 전동 드릴을 빌리려 했을 뿐이었다.

나는 거의 언제나 그런 상상을 했고, 상상 가능한 모든 불운한 일들을 한 번쯤은 떠올려보았으리라고 생각했다. 그러나 실제 사건은 내가 단 한 번도 상상해보지 않은 방식으로 일어났다.

나에게는 이유정이라는 친구가 있는데 그녀와는 고등학생 시절부터 알고 지낸 사이였다. 그녀는 많은 친구들이 세월에 쓸려나가는 동안에도 살아남은 몇 안 되는 친구 중 하나였다. 우정에는 여러 가지 모습이 있겠지만 내가 그녀와 맺은 우정의 방식은 서로의 별 볼 일 없는 시절을 기억해주는 것이었다. 우리는 삶에서 대단하진 않아도 어느 정도 그럴듯한 것들을 이뤄갈 때마다 서로가 예전에는 얼마나 별 볼 일 없는 사람이었는지를 증언해주며 오늘날의 작은 성공을 축하하곤 했다. 우리는 상대가 기억하지 못하는 모습을 기억의 창고에서 찾아내 서로를 당황케 하기를 즐겼다. 나는 그녀의 대학 합격을 축하해주었고, 처음 직장을 얻게 된 것을, 서너 해 전쯤에 그녀가 또래의 다른 친구들보다 조금 일찍 결혼하게 된 것을 축하해주었다. 그런데 그녀가 얼마 전에 아이까지 낳았고, 나는 그녀가 아이와 함께 사회적 관점에서 일반적이고 보편적인 어른의 지위를 획득하게 된 것을 축하했다.

선영과 나는 유정이 출산했다는 소식을 듣자마자 아이를 보러가기로 했으나 차일피일 미루다가 결국 백일이 지나서야 그녀의 집을 찾았다. 나는 텔레비전에서 본 것을 제외하면 아기라는 걸 실제로 보는 게 거의 처음이었기 때문에 우선 그것이 너무 작다는 데 놀랐고, 말 그대로 주먹만한 얼굴이 그만큼 다양한 감정을 담을 수 있다는 것에 또 한번 놀랐다. 아기는 무엇이 불만인지 불평이 가득한 얼굴을 하고 있다가 곧 울음을 터뜨릴 것 같았고, 젖병을 물려주자 만족스러운 표정을 지었다. 내가 아이의 통통한 애벌레 같은 손가락을 만지며 신기해하자 유정은 내게 "한번 안아볼래?"라고 말했다. 그래보고 싶다는 생각을 안 했던 건 아니지만 나는 괜찮다고 대답했다. 아기는 너무 작고 약해 보여서 손으로 쥐면 금방이라도 어딘가 부러져버릴 것만 같았기 때문이다. 그러나 유정은 내게 장난스럽게 몇 번 더 안아보라고 권했고 나는 그래볼까, 아냐 관둘래, 사이에서 어물쩡거리다가 결국에는 손을 거두려 했던 것 같은데, 중간에 의사소통에 어떤 혼선이 있었는지 아니면 내가 그 아이를 받았다가 놓친 것인지 어느 순간 나는 아이를 감싸고 있는 면포의 끄트머리를 가까스로 붙잡고 있었고 내 눈에는 곡선을 그리며 머리를 바닥으로 향한 채 천천히 추락하는 아기의 모습이 들어왔다. 아기는 곧이어 자신에게 닥칠 일에 대해 아무것도 짐작하지 못하고 순진한 얼굴을 한 채 느린 속도로 하강하고 있었다. 물론 그것은 나에게만 그렇게 보였던 것이지 실제로는 아주 빠른 속도였고 곧 쿵 하는 소리를 내며 머리와 어깨를 거실의 타일 바닥에 부딪혔다. 아기는 잠깐 동안의 침묵 후에 발악

하듯 울기 시작했는데 나는 눈앞에서 일어난 일을 믿을 수가 없어서 혼미해진 정신으로 그 자리에 얼어붙은 채 그 일이 평소에 내가 수없이 해왔던 악의적인 상상일 뿐이라고 믿어보려 노력하기 시작했다. 그런 내 귀에 아기의 울음소리를 뚫고 유정이 소리치는 소리가 들려왔다. "건드리지 마! 건드리지 마!"

세상에 나온 지 백일이 조금 넘은 유정의 아들은 그 일로 두개골에 영구적인 손상을 입었다. 아직 정도를 정확히 진단할 수는 없지만 후유증이 심하든 그렇지 않든, 어떤 방식으로든 그것은 영구적일 거라고. 영구적인 손상…… 그 말은 아이가 장애를 갖게 되었다는 것을 뜻했다. 아이가 결코 그 일이 있기 전으로 돌아갈 수 없다는 것을 뜻했다.

구급대원은 유정의 빠른 조치, 무엇보다도 무서울 정도로 냉정한 판단을 칭찬했다. 그녀는 바닥에 떨어진 아이를 아무도 함부로 건드리지 못하게 했다. 혹시 목뼈가 다쳤을 경우 척추까지 손상되는 것을 막기 위해서였다. 그녀의 현명한 대처가 없었다면 아이는 추가로 다른 곳을 다쳤을지 몰랐고 어쩌면 하반신을 움직이지 못했을 수도 있었다. 일 미터는 아기에게 재앙에 가까운 높이였고, 나의 망설임이 불러일으킨 사고는 돌이킬 수 없이 치명적이었던 것이다.

앰뷸런스를 타고 병원으로 옮겨진 아기는 수술실에 들어가 오랫동안 나오지 않았다. 당시에는 죄책감보다 부끄러움과 당혹감이 더욱 컸고, 나는 어찌할 바를 모른 채 병원 복도를 서성였을 뿐이었다. 나는 그저 그렇게 서성거리며 미안해하거나 당황해하는 것 외에는 할 수 있는 일이 없었고 결국에는 아기가 수술실에서 나오는 것을 볼 수도 없었다. 유정은 내게 일단 들어가라고 했다. 나는 몇 번쯤 계속 그곳에 있겠다고 고집을 부렸으나 유정과 그녀의 남편이 내가 그러고 있는 것을 불편해한다는 사실을 깨닫고는 집으로 돌아왔다.

나는 거의 잠을 이루지 못한 채 다음날 아침 출근을 하면서 생각했다. 출근이라니, 나 때문에 이제 백일 된 아이가 그 지경이 되었는데 나는 자전거를 타고 출근을 하고 있어! 그러나 나는 평소와 다름없이 문서실로 갔다. 그리고 문서를 정리했으며, 요청이 들어오면 필요한 문서를 찾아 전달하고, 동료들과 점심을 먹었다. 나는 그들에게 그 일에 대해 말할 수도 없었다. 말을…… 할 수가 없었다. 내가 아기를 떨어트렸다고. 일 미터 높이에서. 머리부터. 바닥으로. 덜 여문 아기의 두개골을 부술 수 있을 만큼 단단한 거실 타일 위로. 나는 그들이 던지는 농담에 웃기도 했다. 왠지 아무 일도 없는 것처럼 행동해야 할 것 같았다. 그런데 그러다보니 순간적으로 정말이지 실은 아무 일도 없었던 건 아닐까, 하는 생각이 들었다. 곧 그 일이 현실이라는 걸, 아무리 부정하고 싶어도 일어난 일은 일어난 일이라는 걸 깨닫게 되었지만……

나는 자주 그 일이 실제로 일어나지 않은 일인 것처럼 느끼곤 했다. 어떻게 정말로 그런 일이 일어날 수가 있지?

그러면서 또 그 아이에게 다가올 미래를 상상하며 괴로움에 몸부림쳤다. 서고에서 책을 찾다가, 집에서 혼자 저녁 준비를 하다가도 그 아이가 점점 자라면서 조금씩 보이게 될 징후들(내 상상 속에서 그것은 점점 더 좋지 않은 방향으로, 최악의 방식으로 구현되었다)을 떠올렸고 그때마다 몸서리가 쳐질 정도로 아득한 죄책감에 사로잡혔다. 그러나 그만큼, 아니 사실은 그것보다 더 나를 괴롭힌 것은 유정과 어떻게 마주해야 할지 모르겠다는 것이었다. 내가 그녀를 어떻게 다시 볼 수 있을까? 그녀의 남편은 또 어떻고? 그는 자신의 아내의 친한 친구인 내게 늘 친절하고 다정한 모습을 보여주었지만 더이상 그런 모습을 볼 수 없을 것이다. 그에게 나는 이제 그저 아들의 삶을 망가뜨린 불한당일 뿐이었다. 그런가 하면 나는 선영 또한 볼 자신이 없었다. 선영은 나를 탓할 것이다. 어떻게 그렇게 부주의할 수가 있어? 어떻게 갓난아이를 그렇게 떨어트릴 수가 있어? 그녀 또한 나를 용서하지 않을 것이다……

그러나 유정 내외는 나를 원망하지 않았다. 그들은 심지어 나를 배려하는 것처럼 보였다. 나는 병원에 찾아가기 전에 그들에게 어떤 보상을 해야 할지 한참을 고민했다. 금전적인 것 외에 내가 달리 보상할 수 있는 것이 있을까? 치료비 정도는 내가 내야 하지 않

을까? 하지만 나는 그것이 얼마나 될지 감도 잡지 못했다. 삼백만
원? 오백만원? 그렇게 큰 돈을 유정이 받으려고 할까? 아니면 반
대로, 그 정도로는 턱도 없는 것 아닐까? 나는 고심 끝에 빈손으
로 터덜터덜 병원으로 향했다. 죽 같은 거라도 좀 사갈까 하다가
그만두었고(대체 이 상황에서 죽을 누가 먹는단 말야?) 꽃이라도
들고 가야 하나 잠시 생각했지만 곧 스스로를 타박하고는(꽃이라
니…… 제정신이니?) 다 때려치우고 말았던 것이다.

   병원으로 찾아가니 아이는 처참한 모습을 하고 있었다. 머리에
는 괴상할 정도로 커다란 깁스를 했고, 수없이 많은 튜브들이 어
디에 붙어 있는지도 알 수 없을 정도로 어지러이 얽혀 있었다. 보
고 있자니 며칠 전만 해도 신비로울 정도로 작고 아름다웠던 그
아이의 모습이 떠올랐고, 나는 밀려오는 감정의 폭풍을 견뎌내지
못해 그 자리에서 오열하기 시작했다. 나는 소리내어 울었고, 내
옆에 서 있던 유정은 내 어깨를 잡아주었다. 나는 울고 있는 와중
에도 상황이 뭔가 이상하게 돌아가고 있다는 것을 느꼈다. 내가
그곳에 간 것은 유정에게 사죄하고, 그녀를 위로해주기 위함이었
기 때문이다. 그런데 정작 우는 건 나고 도리어 그녀가 내 어깨를
잡아주고 있었던 것이다.

   나는 차마 유정에게는 말하지 못하고, 그녀의 남편을 병원 복도
로 불러내 어떻게든 보상을 하고 싶다는 얘기를 꺼냈다. 일단 그
에게 얼마가 되었든 병원비는 모두 내가 계산하겠다는 의사를 전

달했는데 그는 괜찮다고, 그건 내가 신경쓸 일이 아니라고 했다. 그는 내가 사과를 하려고 하자 그것도 가로막았다. "사고였잖아요." 그는 내가 더이상 말을 덧붙일 수 없을 정도로 단호하게 말했다. "그런 건 어쩔 수가 없잖아요." 나는 차라리 그들이 내게 욕을 하는 게, 나를 때리기라도 하는 편이 더 낫겠다고 생각했으나 그들은 그러지 않았다.

나는 평소와 다름없는 삶을 이어갔다. 마트에 가서 식재료를 사고 집에 와서 드라마를 봤다. 인터넷 서점을 뒤지며 읽을 만한 책을 찾고, 포털 사이트에 뜨는 뉴스를 하릴없이 들여다봤다. 자전거를 타고 한산한 가로수길을 따라 출근을 하고, 다시 같은 길로 되돌아왔다.

심지어 결혼 준비도 그대로 이어나갔다. 선영과 나는 한동안 만날 때마다 그 일에 대해 이야기했다. 그러지 않을 수 있었을까? 그녀는 다양한 방식으로 나의 죄책감을 덜어주려 노력했고 그중에는 그애에 대한 이야기를 꺼내지 않는 것도 있었지만 그건 쉽지 않은 일이었다. 어떤 식으로든 매번 그애에 대한 이야기를 하게 되었고 우리는 그애가 회복은 하고 있는지, 얼마나 힘들지, 유정은 또 얼마나 상심이 클지, 상심을 떠나 고통스러울지 얘기했고 끝내는 다 내 잘못이다, 내가 죽일 인간이다, 라고 내가 스스로를 자책하고 나서 선영이 그게 아니라고, 그건 어쩔 수 없는 일이었

114

다고 나를 달래는 식으로 결말이 났다.

그런 일은 끊임없이 되풀이되었고 우리가 드레스를 고르기 위해 도곡동에 있는 드레스숍을 전전한 날, 드디어 선영은 폭발하고 말았다. 그녀가 여러 차례 드레스를 갈아입어보았을 때 내가 미적지근한 반응을 한 것은 어떻게 넘어갔지만 턱시도를 입어보지 않겠다고 하자 더이상 참지 못한 것이다. "왜?" 그녀가 물었다. "그러고 싶지 않아." "그게 무슨 소리야?" 나는 매번 반복되던 이야기를 그날도 꺼내고 말았다. "그애는 이런 삶을 살지 못할 거야. 그애는 우리 같은 삶을 살지 못할 거야……" 그녀는 잠시 말문이 막힌 얼굴을 했다. 그러고는 그 일이 있은 후에 처음으로 목소리를 높였다. "그래서 어쩌고 싶은 건데? 대신 죽기라도 하고 싶어? 그애 인생을 다 책임질 거야?" 우리는 대로변에서 소리를 높여 싸우기 시작했다. "어떻게 그런 말을 할 수 있어? 그럼 내가 어떻게 이 상황에서 너랑 같이 신나게 드레스를 고르러 다닐 수 있겠냐고." 그러자 그녀는 말했다. "그럼 차라리 가서 빌지그래? 매일 이러고 있느니 가서 잘못했다고, 제발 용서해달라고 비는 게 낫지 않아?"

내게 정신 차리라고 한 말이었겠지만 나는 그 말을 듣고 아직 유정에게 제대로 사과를 하지 않았다는 생각을 했다. 나는 차마 그 말을 하지 못하고 있었다. 병원을 자주 찾아가긴 했지만 아무 말도 할 수가 없어서 유정에게 아이의 상태는 어떻느냐고, 너는 힘들지 않느냐고 묻지도 못했다. 그저 가서 아무 말도 없이 앉아 있다가 오래 있지도 못하고 돌아오곤 했다. 나는 선영의 말을 들은 그날 그녀에게 정식으로 사과를 해야겠다고 생각했다.

나는 그래야 한다는 생각에 사로잡혀 다른 일을 전혀 하지 못했다. 그래서 늦은 밤 유정에게 전화를 걸어 간단히 안부를 물은 뒤 곧바로 미안하다고 말했다(그녀는 병원에 있었다). 나는 그녀에게 모든 게 나 때문이라고, 나의 부주의함 때문에 돌이킬 수 없는 일이 일어나버렸다고, 내가 할 수 있는 일은 뭐든지 다 하겠다고 말했다. 얘기를 시작하니 말이 쉬지 않고 튀어나왔다. 내가 머저리였다, 나는 여전히 머저리다, 나는 인간도 아니다, 나는 살 가치가 없다…… 그러나 사과를 하면 할수록 이유는 알 수 없지만 어딘지 잘못된 방향으로, 깊고 깊은 수렁 속으로 빠져들어가는 듯한 기분이 들었는데 그러면서도 그것을 그만두지 못했고, 오히려 그런 기분 때문에 멈추지 못하고 끊임없이 사과의 말을 내뱉었다.

유정은 한참 동안 대답하지 않았다. 그녀는 오랫동안 말없이 듣고 있다가 내게 "사과할 필요 없어"라고 말했다. "아냐, 다 내 탓이야. 미안해. 다 내가……" 그래도 내가 사과하는 것을 멈추지 않자 그녀의 말은 "사과하지 마"로 바뀌었고 정신을 차려보니 유정은 내게 거의 애걸하듯 같은 말을 되풀이하고 있었다. "제발 사과하지 마……"

선영과 나는 결혼한 뒤로 어느 날부터인가 유정과 유정의 아이에 대한 이야기를 하지 않게 되었다. 그러기 위해서는 유정에 대해서도 이야기하지 않아야 했고 우리는 그런 일이 없는 것처럼, 그런 사람이 애초에 없었던 것처럼 그 이야기를 피했다. 그래서인지 나는 종종 그 일이 일어났다는 것을 실감하는 데 실패하곤 했다. 나는 때때로 그 일과 아주 멀어졌으며 그럴 때는 마치 그 일 자체가 전혀 존재하지 않았던 것처럼 느껴졌다. 그 이유에 대해 곰곰이 생각해보다가 나는 조금 소름끼치는 결론에 이르게 되었는데 그것은 결국 그 일이 내게 일어난 게 아니었기 때문이라는 것이었다. 그 일은 내게 일어난 일이 아니었다. 그 일은 참혹하고 불운한 일이었지만 내게 일어난 일이라기보다는 내가 겪은 일이라고 하는 것이 정확한 표현인 듯했다. 하지만 그렇다면 내게 때때로 찾아오는 이 강렬한 죄책감, 그것이 찾아올 때마다 느껴지는 숨이 막힐 정도로 강한 통증은, 그 아이를 떠올리면 밀려오는 발작적인 비애는 대체 뭐란 말이지? 나는 감각과 무감각, 현실과 비현실 사이에서 길을 잃은 사람처럼 혼란스러웠다.

나는 그 일 이후에도 여전히 일어나서는 안 되는 불운한 일들에 대해 자주 상상하곤 했는데 그전과 다른 점이라면 그 상상의 끝은 어떤 식으로든 늘 유정의 아이와 닿게 된다는 것이었다. 그 아이는 이제 내게 실체를 지닌 존재가 아니라 불운을 뜻하는 하나의 상징으로서 존재했다. 나는 유정과 내가 서로를 기억하는 방식으로 우정을 유지해왔던 것과 지금의 상황을 생각하며 삶의 아이러니를 느끼곤 한다. 우리는 이제 서로의 우스운 과거 대신 불행을 매개로 이어져 있었고 서로를 떠올리는 것은 어떤 불운을 상기하고, 아직 다가오지 않은 미래의 불운을 떠올리는 일은 서로를 연상시키는 일이 되었다. 그렇기 때문에 우리는 앞으로 만나지 않게 되더라도 어떤 방식으로든 연결되어 있으며 그것은 아마도 끝을 기약할 수 없는 시간 동안 이어질 것이었다.

나는 지난여름 선영과 함께 이탈리아 북부를 여행하다가 우연히 알게 된 어떤 프랑스인 가족과 함께 와인을 마시며 꽤 오랫동안 웃고 떠들다가 문득 그 아이에 대해 떠올렸다. 나는 한참 동안 그 아이를 완전히 잊고 있었다는 사실을 깨달았고, 그 순간 이미 오래전에 시작된 어떤 영원에 대해 자각하게 되었다. 그것은 한 해가 아니라 십 년이 지나고, 어쩌면 삼십 년이 지난 후에라도 내가 그 불운한 일에 대해, 그 아이에 대해 완전히 잊을지도 모른다는 두려움과 함께 찾아왔다. 나는 그전에도 그후에도 영원이라는 단어를 그렇게 가까이 느껴본 적이 없었다.

기적의 시대

은주와 나는 결혼하고 얼마 지나지 않아 지난 연애에 대해 이야기하는 일에 거리낌이 없어졌다. 실은 거의 경쟁적으로 지난 연인들에 대해 이야기하곤 했다. 아예 날을 잡아서 연보를 읊은 정도까지는 아니었지만 기회가 날 때마다 얘기를 하다보니 거의 그렇게 한 셈이 되었다. "네가 워커힐에서 한바탕하고 헤어졌다던 게 C였나? 그다음엔 누구였더라?" 나는 은주가 고등학생 때 처음 좋아하게 된 한 학년 위의 선배부터, 대학 때 소개팅으로 만난 명문대 공과생을 거쳐, 여기저기서 어찌저찌 알게 된 몇 명의 시시한 남자들…… 그리고 꽤 오랫동안 진지하게 관계를 이어오다가 나를 만나기 직전 헤어지면서 그녀에게 강렬한 무력감과 깊은 상실감을 느끼게 한 다섯 살 연상의 법조계 종사자까지 그녀의 연애사를 거시적인 관점에서 어느 정도 섭렵할 수 있었다.

나 또한 은주에게 거의 모든 연애 경험을 털어놓았다. 굳이 왜 그랬을까? 생각해본 적이 있는데 아마도 어떤 안도감에서 비롯된 행위가 아니었나 싶다. 말하자면 결혼이라는 강력한 사회적 제도가 우리를 묶어주고 있다는 사실이 꽤나 큰 안정감을 주었기 때문에, 그전이었다면 얼마든지 서로를 뒤흔들 수 있었던 이야기들이 더이상 아무런 영향을 끼치지 못한다는 것을 확인하는 일에 재미가 들렸었다고 할까? 우리는 마치 모험을 마치고 육지로 올라와 그간 겪은 일들을 최대한 과장되고 우스꽝스럽게 자랑하는 항해사들처럼 약간은 들떠 있었던 것 같다. 어떨 때는 좀 너무 나갔다 싶을 때도 있었지만 대체로 우리는 보이지 않는 선의 경계에서 아슬아슬한 감정적 줄타기를 하는 일을 즐기곤 했다.

그러나 나는 그녀가—나와 마찬가지로—자신이 만난 모든 사람에 대해 이야기하지 않았다는 사실 또한 알고 있었다. 그러니까 우리는 A와 B와 C를 거쳐 E와 F에 대해 이야기했는데, 그러면서 그 사이에 분명히 있었을 D에 대해서는 짐짓 시치미를 떼곤 했다. 이를테면 그녀는 내게 이런 식으로 말했다. "스물두 살 때 C와 헤어지고 나서 반년 동안 아무도 만나지 않았어. 거의 남성혐오에 빠져서는 결코 다시 연애를 하지 않으리라! 다짐까지 했다니까." 그리고 몇 개월쯤 지나서 약간 방심한 채 이렇게 말하는 것이다. "직장에 들어간 지 얼마 되지 않아서(그녀는 스물다섯에 처음 사회생활을 시작했는데) E를 만나게 되었는데……" 나는 그녀의 이야기 중 어딘가에 빈틈이 있다는 사실을, 그녀가 언급한 두 사람 사이에 이 년이라는 공백이 있음을 알아차릴 수밖에 없었다. 그렇다면 그녀 또한 내 이야기에서 그런 부분을 발견하지 못했을 이유가 어디 있겠는가? 그러나 상대가 말하지 않은 이름들에 대해 적당히 넘어가줌으로써 우리는 서로가 허락한 한에서 자유로움과 안정감을 동시에 느낄 수 있었다.

내 경우에는 연희가 그런 생략된 이름 중 하나였다. 그러나 그에 대해서는 나도 할말이 있는 게, 연희와 만났을 당시 그녀와 나는 각자의 삶에 공식적으로 각인될 이름들 사이에 서로의 이름이 들어가지 않도록 애를 썼고, 그럴 수 있다고 믿기까지 했기 때문이다. 그러나 공식적이든 비공식적이든 나에게 머물렀다 간 이름들을 떠올릴 때 그녀를 제외하는 경우는 없었고, 심지어 그 이름은 언제나 가장 잘 보이는 위치에 자리하고 있었다.

결혼하고 서너 해쯤 지나 새로 구한 직장을 따라 서울 서부로 이사를 하면서 나는 꽤 오랫동안 얼굴을 보지 못하고 지냈던 성준과 다시 가까워졌는데 그러면서 자연스럽게 성준 부부와 우리 부부가 함께 만나는 일도 잦아졌다. 성준은 나와 연희가 알게 되는 데 원인을 제공한 인물인데다가 그녀와 내가 서로가 가진 '이름의 전당'(그것을 뭐라고 부르든)에 자신의 이름을 넣지 않기를 원했던 이유 중 하나이기도 했다.

그전에 성준을 마지막으로 본 것은 지금으로부터 대략 오 년쯤 전이었다. 나는 은주와 결혼할 마음을 먹고 나서 어느 때보다 투자에 관심이 많아진 상황이었고 그때까지 모은 돈을 어떻게든 조금이라도 불려보겠다고 투자처를 찾아 이곳저곳을 기웃거리고 있었다. 그때 성준은 잘 다니던 대기업을 그만두고 부동산 사업에 뛰어들어 꽤나 그럴듯한 수익을 내고 있었는데, 그 소식을 듣고 한번 연락을 해보았던 것이다. 성준과 나는 서울 외곽 뉴타운 몇 군데를 함께 돌았고, 한번은 지방에 땅을 보러 간 적도 있었다. 그는 내게 최대한 투자 정보를 주려고 했지만 나는 예상보다 큰돈이 오가는 부동산 업계의 스케일에 놀라 도망치듯 안전한 금융업계(그것도 채권형 펀드 정도)로 발길을 돌렸다. 그때 성준이 내게 권했던 뉴타운 분양권에 프리미엄이 꽤 붙었다는 이야기를 최근에 들었는데 나는 내가 그런 걸 아쉬워할 깜냥도 안 된다는 것을 잘 알기에 크게 낙담하지는 않았다.

결혼 후 다시 만났을 때에 그는 자금을 굴리는 일에 흥미를 잃은 것 같았다. 아니, 그보다는 경제적으로 어느 정도 안정이 된 이후에 다른 쪽으로 관심을 돌렸다는 게 정확하겠다(그의 돈은 어디에선가 알아서 잘 굴러가고 있었다). 성준은 여전히 그쪽 일을 하고 있긴 했지만 예전만큼 열정적이지 않았고 대신 온갖 종류의 아웃도어 활동에 빠져 있었다. 겨울이 되면 설산을 찾아다녔고 주말에는 로드바이크를 타고 강변을 따라 달렸으며 가끔은 스쿠버다이빙을 하러 태국으로 날아가기도 했다. 그런 성준의 영향을 받아 우리는 같이 하와이 여행을 떠나기까지 했는데, 나와 은주, 성준과 그의 아내 재연이 저녁식사를 하다가 계절도 좋은데 북한산 등산이나 한번 가자고 했던 것이, 얘기가 진행되다보니 제어할 수 없는 거센 흐름을 따라 호놀룰루행 비행기에 몸을 싣기까지 이르게 되었다. 어떻게 된 사연이냐면, 우리 중 누군가가 그러느니 지리산이나 설악산 같은 좀더 그럴싸한 산에 가는 게 어떻겠느냐고 했고, 말이 나온 김에 한라산이 좋겠다는 의견이 나오더니, 요즘은 제주도나 오키나와나 그 돈이 그 돈이다, 라는 말까지 나왔는데 두 부부 중 어느 한쪽이 나중에 애라도 낳게 되면 같이 멀리 떠나기도 어려울 테니 이참에 제대로 가보자……라는 말을 했고, 앉은자리에서 푸켓이니 발리니 샌프란시스코니 파타고니아니 무슨 세계일주라도 할 것처럼 세상 모든 여행지를 하나씩 읊어보다가 극적으로 하와이로 타결이 되어 그 짧은 타결의 순간에 실행력 있던 누군가(구체적으로 말하자면 은주)가 그 자리에서 태평양을 가로지르는 직항 항공편을 결제했던 것이다.

그런데 하와이 여행 날짜가 다가올수록 나는 어쩐지 알 수 없는 이유로 연희에 대해 떠올리게 되는 날이 많았는데, 그것은 아마도 성준과 처음으로 그런 먼 곳까지 가게 된다는 사실, 그 거리가 공간 감각과 함께 시간 감각 또한 멀리, 과거로 과거로 흘러가게 만들지 모른다는 예감 때문이었던 것 같다. 그리고 실제로 와이키키 해변에서의 물놀이와, 노스쇼어에서의 서핑, 하나우마베이에서의 스노클링 뒤에, 크루즈를 타고 혹등고래까지 구경하는 숨가쁜 일정을 마쳤을 무렵, 여행이 중반에 이른 사흘째 밤 하얏트호텔 야외 풀장의 선베드를 하나씩 차지하고 둘러앉아 비치타월로 젖은 몸을 덮고 코나 맥주를 마시며 이야기를 나누다가 성준과 내가 공유하고 있던 그 이름들을 테이블 위로 올리게 되었다.

그건 사실 피할 수 없는 일이기는 했다. 우리는 며칠에 걸쳐 전에 없이 긴 시간을 함께 보내야 했고, 그 시간은 마땅히 공백 없는 대화로 채워져야 했으며, 네 사람의 공통적인 대화 주제라고는 결혼생활(에 대해서는 이미 많이 이야기한 바 있고)이나 그즈음 두 부부가 한창 관심을 가진 원목 가구들(우리는 일본의 한 유서 깊은 공방에 호두나무 의자를 하나씩 주문해둔 상태였다), 부동산 투자(에 대해 본격적으로 대화를 나누기에는 나와 성준의 지식의 갭이 너무 컸다) 정도를 제외하면 성준과 나의 과거 이야기 정도일 텐데 우리가 공유한 시간은 대부분 연희와 연선, 그들 자매와 함께였기 때문이다.

그런데 얘기를 들어보니 성준은 자신의 아내에게 연희에 대해서는 이야기한 적이 있는 모양이었다. 나도 정확히 어떤 맥락이었는지는 모르겠지만 은주에게 연선의 이야기를 한 적이 있었다. 은주와 재연은 난데없이 등장한 서로 다른 낯설고 비슷한 이름들로 인해 혼란에 빠진 것 같았고(은주는 연희에, 재연은 연선에), 나와 성준은 거의 십오 년의 시간이 지나는 동안 꺼내본 적 없는 그 이름들이 등장하자 어디서부터 어떻게 이야기를 해야 할지 조금 당황스러운 기색을 보였는데 그 때문에 그녀들은 그 자매에 대해서 더 듣고 싶어진 것 같았다.

나는 그런 조금은 무방비한 상태에서 십수 년 동안 듣지 못한 그녀들의 소식을 성준을 통해 듣게 되었다. 그에 따르면 연희는 공무원 시험에 합격해 국회에서 행정주사로 일하고 있으며 우리들보다 훨씬 일찍 결혼해 벌써 아이를 둘이나 낳았다고 했고, 연선은 패션지 에디터로 일하다가 미술 공부를 하기 위해 얼마 전 남편과 함께 미국으로 유학을 떠났다는 것이었다. 나로서는 모두 처음 듣는 이야기였고 그녀들(특히 연희)의 삶이 내 예상과는 매우 다른 모습이어서, 어쩐지 내가 전혀 모르는 사람의 이야기를 듣는 것만 같았다. 그래서 나는 몇 번쯤 좀더 자세히 얘기해보라고 성준을 종용했는데 그러자 은주와 재연은 장난스럽게 우리를 추궁하기 시작했다.

"그래서 무슨 사이였는데? 이 사람들 수상하네?"

"너네 뭐 숨기는 거 있니? 사각관계나 그런 거였어?"

나는 두 여자의 그런 장난기어린 어투에 조금 기분이 상했는데, 도리어 나는 내가 그 일로 기분이 금방 상해버렸다는 사실에 놀라고 말았다. 그녀들의 태도에 그러한 감정이 들도록 하는 것은 일종의 결벽증적인 수치심 때문이라고 할 수 있었는데, 그런 게 아직도 내게 남아 있다는 사실이 새삼스럽게 느껴졌다. 결국 오래전 그 관계가 어딘가에 도달하지 못하고 방향을 잃은 채 끝나버린 것도 바로 그 감정, 설명할 수도 설득할 수도 없는 애매모호하고 불분명한 부끄러움 때문이었던 것이다.

내가 연희를 알게 된 건 연선 때문이었고, 연선을 알게 된 건 성준을 통해서였다. 연선은 성준과 PC통신 독서 동호회에서 활동하다 만났는데 정기모임에서 자주 마주치다가 나중에는 따로 만나는 일이 더 잦아졌다. 그러다가 나도 합류하게 되었다. 나는 성준과 애호하는 작가가 몇 명 겹쳤고(성준과 나는 다자이 오사무를 좋아했는데 거기에서 성준은 미시마 유키오나 무라카미 류 같은 부류로 나아갔고 나는 리처드 브라우티건과 커트 보니것을 읽기 시작했다) 우리 둘과 연선 또한 교집합(우리는 모두 샐린저를 좋아했다)이 있었기 때문에 그럭저럭 어울릴 수 있었다. 우리 셋은 주기적으로 만나 책을 돌려 읽었고 같이 지하철을 타고 강남 씨티극장까지 가서 영화를 보기도 했다.

이 세 명의 소그룹에 연희가 합류하게 된 것은 아주 사소한 우연 때문이었다. 우리는 내내 그 우연 하나를 붙잡고 늘어졌는데 생각해보면 처음부터 끝까지 연희와 나를 잇는 것은 오로지 그것 하나뿐이었다. 우리는 그 일이 없었더라면 서로 알지도 못했을 거라고 늘 그 일을 신기해했고, 무슨 엄청난 기적이라도 되는 것처럼 애지중지했다. 그러나 사실 그것은 기적은 물론이고 그럴싸한 해프닝이라고 할 것도 못 되었다. 그저 누구에게나 일어날 수 있는 흔하디흔한 일상적 사건에 불과했다. 내가 연희의 집에 전화를 했고, 그녀가 받았다. 사실이라고는 그게 전부였다.

시기로 따지면 초봄이었고, 내가 어떤 옷을 입었었는지는 생각나지 않지만 수화기가 닿은 뺨이 차가웠던 기억이 나는 것으로 보아 아직 추위가 가시지 않은 날이었던 것 같다. 나는 공중전화에 카드를 넣고 연선의 집 전화번호를 눌렀다. 내가 열여덟 살이었을 때의 일이니 스마트폰은커녕 휴대전화를 가지고 있는 사람도 많지 않던 시절이었다. 신호음이 그치고 목소리가 들려왔을 때 나는 그것이 당연히 연선일 거라고 생각해서 그녀에게 약속이 취소되었음을 알려주었다.

전화를 받은 사람은 잠자코 듣고 있다가 "연선이 지금 머리 감고 있어. 전해줄게"라고 대답했다. 그런 일을 수백 번은 겪은 사람처럼 무감한 어투였다. 그러나 나는 그런 일을 겪은 것이 처음이었고 그 순간 무슨 상황인지 내가 이해하기는 했다는 사실과는 별개로 '그럼 그렇게 전해주세요'라고 자연스럽게 대답하는 대신 "누구세요?"라는 다소 황당한 물음을 던지고 말았는데, 그도 그럴 것이 방금 이야기한 대로 그 대화가 이루어졌을 때 나는 열여덟 살에 불과해서 종종 상황 파악을 못 했고, 자주 얼빠진 소리를 했으며, 늘 허둥댔기 때문이다. 연희는 그런 반응마저도 수백 번은 경험해본 것처럼, 둘의 목소리가 비슷해서 사람들이 많이 착각하긴 하지만 자신은 연선이가 아니라 그녀의 언니이며 연선이는 지금 머리를 감고 있고…… 하며 방금 전에 했던 말을 친절하게 반복해주었다.

그 직후인지 아니면 뭐라고 또 헛소리를 늘어놓고 나서였는지는 모르겠지만 나는 "아, 말씀 많이 들었어요"라는 전형적이고도 무의미한 말을 건넸는데(하지만 사실이긴 했다) 그녀가 의외로 "그래? 연선이가 뭐랬는데?"라고 물어서 더욱 나를 당황스럽게 했다. 내가 그전에 연희에 대해서 들은 말이라고는 나보다 나이가 한 살 많고, 교내 방송반에서 등교 시간 방송을 진행하고, 노래방 가는 것을 좋아하며, 남자친구가 잘생겼다, 최근에는 새비지가든이라는 호주 출신 팝 듀오에 미쳐 있다, 같은 것들뿐이었기 때문이다. 그러나 그녀는 내 대답을 기다리는 대신 뜻밖의 말을 했다.

"사실은 나도 네 얘기 많이 들었어. 성준이 친구라면서? 연선이는 집에 오면 그날 있었던 일을 하나도 빠짐없이 다 얘기하거든."

나중에 들어보니 연선의 말을 통해 전해진 나와 성준의 이미지는 많이 왜곡되어 있긴 했지만, 어쨌든 연희가 우리의 세부적인 개인정보(?)나 함께 겪은 일들, 그동안 나눴던 대화 등에 대해 꽤나 구체적으로 알고 있다는 사실에 깜짝 놀랐다. 뭐야, 그런 것까지 다 얘기했단 말이야? 싶은 것이 많았는데 생각해보니 나도 연선에게 뭐야, 이런 것까지 들어도 되나? 싶은 것까지 들어왔으니 놀랄 일은 아니구나 싶었다.

어쨌든 그런 이유로 우리는 실제로 알게 되거나 통화를 하기 전부터 서로에 대해 꽤 많이 알고 있었으며 그래서인지 어느 날씨 좋은 날 함께 벚꽃을 구경하러 현충원에 다녀온 이후 급격하게 가까워져 눈 깜빡할 사이에 친구 사이를 넘어 거의 연인에 가까운 관계로까지 발전하게 되었다. 중요한 건 연인은 아니었다는 것이다. 그건 결코 아니었다.

그렇게 네 사람이 함께 만난 것은 나중에 영화를 한 번 정도 다 같이 보러 간 것을 제외하면 그날이 거의 유일했다. 나중에 알게 된 그녀의 성격을 생각하면 동생의 친구들이 가는 봄소풍 자리에 따라온 것은 좀 느닷없는 행동이었는데 그녀도 자기가 왜 그랬는지 잘 모르겠다고 했다. 아마 남자친구와 싸웠다거나 본격적으로 시작될 수험생활을 앞두고 기분전환이나 한번 해보고 싶었던 것 같다.

넷이서 현충원 잔디밭에 앉아 포장해온 파파이스 햄버거와 프렌치프라이를 나눠 먹은 뒤 볼링을 두 게임 치고 헤어진 그날 이후 나와 연희는 종종 이메일을 주고 받았다. 통화를 해야 할 경우에는 오후 아홉시부터 열시 사이에 그녀의 집으로 전화를 걸었다. 그녀의 어머니는 내게 열시 전에는 전화를 걸어도 좋다고 허락했는데, 연희가 학원을 마치고 집에 들어오면 아홉시쯤 되었기 때문에 내게는 한 시간 정도 시간이 있는 셈이었다. 나는 특별한 용건 없이도 그녀에게 전화를 걸었다. 그런 일이 이어지자 연희는 내가 전화를 걸었을 때 더이상 "왜?" 혹은 "웬일이니?"라고 묻지 않고 "응" 하고 전화를 받게 되었다. 가끔 연선이 전화를 받으면 나는 언 니를 바꿔달라고 했고, 어느 정도 시간이 지나니 연선은 내 목소리 를 듣자마자 "잠시만" 하고는 언니에게 수화기를 넘겨주었다.

우리는 주로 사소한 주제로 대화를 나눴지만 어쩐지 의식적으 로 가장 많이 했던 얘기는 연선과 성준의 관계에 대한 것이었다. 우리는 그 둘에 대해 지나치다 싶을 정도로 자주 이야기를 나누 었다. 지난번에 연선이가 성준에 대해 어떤 말을 했는데 내가 보 기에는 그게 말이야…… 나도 성준과 전에 연선을 두고 이런 이 야기를 나누었는데 내가 보기에도…… 운운, 하면서 마치 우리가 그들을 이어주려는 큐피드나 되는 것처럼 매번 그런 식으로 작당 모의 비슷한 것을 했다. 그리고 우리의 대화 속에 등장하는 남녀 간의 호감이나 애정, 그리고 그것을 수반하는 관계로의 진전 같은 것들이 마치 우리와는 전혀 상관이 없는 것처럼 이야기하곤 했다. "걔가 그런 얘기를 했다고? 그럼 확실하네!" "아무리 그래도 그 렇게 매일 연락을 주고받는 건 이성적 호감 없이는 불가능하지 않 니?"(그 무렵에는 우리도 거의 매일 통화를 하고 있었다.) 우리는 그러한 감정들이 마치 우리와는 완전히 무관한 것처럼 짐짓 시치 미를 떼면서 그 누구보다 연애라는 양식에 대해서 많은 이야기를 나누곤 했다. 그러면서도 종종 위화감을 느끼곤 했던 부분은 어느 순간부터 연희와 내가 그녀의 남자친구에 대해서 전혀 언급을 하지 않고 있었다는 점이었다.

우리에게는 여러 가지 닮은 점이 있었지만 그중 가장 주요한 건 모든 사안에 냉소로 일관한다는 것이었다. 우리는 고작 십대 후반이었지만 마치 세상을 다 경험해본 사람들처럼 모든 것을 비웃곤 했다. 몰지각한 사람들, 몰취향인 사람들, 부주의한 사람들, 부도덕한 사람들, 가벼운 사람들, 지루한 사람들…… 그러나 결정적으로 달랐던 점은 그녀의 냉소가 비교적 유복한 중산층 가정에서 안온하게 자랐다는 나름의 자격지심으로 인한 자기비하적 태도에서 비롯된 것이라면 나는 반대로 무언가를 제대로 가져보지 못했고 앞으로도 그러지 못할 것이라는 피해의식으로 인한 자기연민에서 비롯된 냉소라는 것이었다. 지금 생각해보면 그 둘에는 근본적으로 큰 차이가 있었지만 그때의 나는 그것을 알지 못했기 때문에 우리가 닮은 점이 많다고 여기곤 했다. 어찌되었든 그러한 냉소는 결국 도피적 성향의 결과라고 볼 수 있는데, 그 점에서만 보자면 비슷하긴 했으니까. 그와 같은 태도는 우리를 우리가 바라보고 있는 것들에서 떨어트려놓음으로써 마치 우리를 자유롭게 만드는 듯했지만 실은 그 반대였다. 그때의 연희와 나는 냉소하는 대상이 하나둘씩 늘어가면서 스스로를 옭아매는 것들이 그만큼 늘어난다는 사실을 알지 못했다.

우리는 꽤나 자주 만났던 것 같은데 막상 헤아려보면 그렇지 않을지도 모르겠다. 그녀의 동네를 벗어나 그나마 먼 곳까지 가본 것도 현충원이 전부였다. 우리는 하루가 멀다 하고 연락을 주고받으면서도 핑곗거리가 있을 때에만 동네에서 만나곤 했다. 나는 종종 연선, 성준과 모임을 가진 후에 연희가 사는 동네 근처에 볼일이 있다는 이유로 연선과 함께 그곳으로 가서 같이 아이스크림을 사먹는다거나, 비디오테이프를 빌리러 간다거나 했다(우리는 비디오 대여점에서 손에 잡히는 아무 영화나 꺼내들고서도 한 시간이고 두 시간이고 수다를 떨 수 있었다).

그들 자매가 살았던 일원동은 내가 살던 방배동에서 지하철을 타고 삼십 분은 가야 했고 사실상 고등학생에게 그 멀리까지 가서 봐야 할 볼일이라는 게 있을 리 만무했지만 나는 궁색한 이유들을 들어가며 굳이 그곳까지 찾아갔다. 방학이 끝나고 나서는 마침 연희가 다니던 학교가 내가 다니던 학원과 가깝다는 구실로 자주 그녀의 학교 앞까지 찾아가 그녀가 나오기를 기다렸다가 서로 학원에 가기 전까지 길지 않은 시간 동안 함께 산책을 하거나 거리에서 어묵을 사먹고 헤어지곤 했다. 다른 아이들이 흔히 하듯 함께 영화관에 간다거나, 노래방에 간다거나, 하다못해 제대로 된 식사를 한다거나 했던 적은 아마 없었던 것 같다. 우리가 한 일이라고는 길을 걸으면서 이야기를 나눈 게 다였다.

그러다 어느 날은 주말 아침부터 연희의 집 앞까지 가야 할 분명한 이유가 생겼는데, 둘째이모가 담석을 제거하는 수술을 받기 위해 삼성의료원에 입원한 것이었다. 연희의 집은 삼성의료원에서 일 킬로미터도 채 떨어져 있지 않았다. 빨리 걸으면 오 분 만에 닿는 거리였다. 나는 오전에 그녀를 만나, 얼마 지나지 않아 학원에 가야 한다는 부담감 없이 여유롭게 거리를 거닐고 점심도 함께 먹을 수 있으리라는 기대에 사로잡혔다. 엄마에게는 일찍 나가서 이모를 보고 도서관에 들렀다 오겠다고 말한 뒤 아침 아홉시에 그녀의 집으로 전화를 걸었다. 그녀의 가족이 다 함께 교회로 출발하기 전이면서, 너무 일러 실례가 되지 않을 만한 시각으로 아홉시 반이 적당하다고 생각했지만 차분히 기다리지 못하고 삼십 분 일찍 전화를 건 것이다. 그런데 아무도 전화를 받지 않았다. 두 번을 더 걸었지만 신호음만 계속 이어졌다.

결국 그녀와 통화를 하지 못하고 병원에 가게 되었는데, 이모는 내 얼굴을 보더니 혹시 급한 일이 있느냐고 물었다. 내가 안절부절못하고 있는 것처럼 보였던 모양이다. 나는 이모에게 말했다.

"아니에요. 이모 여기 언제까지 계세요?"

"수요일까지. 네 엄마한테 올 필요 없다고 얘기했는데 바쁜 애를 뭐하러 이 먼 데까지 보냈다니?"

수요일이면 학원 때문에 다시 찾아올 시간이 없었다. 나는 십분 정도 병실에 머물다가 이모에게 대충 인사를 하고 나와서 연희의 집 앞을 서성였다. 집으로 돌아오는 그녀의 가족들을 마주치면 이모 병문안을 왔다가 집으로 돌아가던 참이라고 할 생각이었다. 그건 사실이기도 했으니까(내가 길에서 세 시간을 넘게 배회하고 있다는 걸 제외하면 말이지만).

처음에는 그녀를 놀래주고 싶다는 생각뿐이었는데 한 시간, 두 시간이 흐르면서 나는 불안감에 휩싸였다. 연희를 알게 된 이후 몇 번이고 지나쳤던 평범한 주말 중 하나였을 뿐이지만 왠지 그날 그녀를 만나지 못하면 아주 오랫동안, 어쩌면 다시는 이런 기회가 찾아오지 않을 것만 같았다. 그러나 예배가 끝나고 점심을 먹은 다음 커피까지 한 잔 마시고도 남을 만한 시간이 흐른 뒤에도 그들의 모습은 보이지 않았고, 나는 해 질 무렵이 되어서야 집으로 돌아왔다. 그리고 다음날 수업시간에 나도 모르는 사이에 '주연희'라는 이름을 공책에 끝도 없이 반복해서 쓰고 있는 자신을 발견하고는 내가 그녀에게 완전히 빠져버렸다는 사실을 인정할 수밖에 없었다.

내가 대체 연희의 어떤 면에 그렇게 끌렸었나 돌이켜보면, 아마도 삶에 대한 그녀의 태도 때문이었는지 모르겠다는 생각도 든다. 그녀는 제대로 살고 싶어, 라는 말을 자주 했는데 그건 제대로 된 삶을 살고 싶다는 말과는 조금 달랐다.

"제대로 사는 게 뭔데?"

물어보면 연희는 뭐라고 말해야 하는지 조금 고민이 되는지 시간을 끌다가 이렇게 대답했다.

"부끄럽지 않게."

"누구한테?"

"누구한테든."

나는 다자이 오사무의 첫 문장("부끄러움 많은 생애를 보냈습니다")처럼 부끄러움으로 가득한 삶을 살고 있었기 때문에 그 말이 조금 놀라웠다. 그게 가능한 일인가? 당시 내 주변에서 제대로 살고 있다고 말할 만한 사람은 아무도 없었다. 그녀는 대학을 졸업하고 NGO에서 환경보호와 관련한 일을 하고 싶어했고, 그러기 위해서 좋은 대학에 가야 한다는 강한 목적의식을 품고 있었다. 그뿐만이 아니라 그녀는 삶의 전반적인 부분에서 엄격하게 자신만의 기준을 지켰다. 공장식 도축에 반대하는 차원에서 고기를 먹지 않았고, 재활용이 되지 않는 쓰레기를 만들지 않으려 노력했으며, 차별적인 생각이나 발언을 하지 않기 위해 조심했다. 그에 반해 나는 딱 남들이 하는 만큼만 인생의 루트를 따라가고 있었고, 솔직히 내가 뭘 하고 있는지 모르겠다는 마음이었다. 나쁘지 않은 성적을 유지한다, 마음에 드는 책을 읽는다, 주변 사람들과 마찰을 빚지 않으려 노력한다, 내가 보기에 별로인 사람들을 속으로 실컷 비웃는다…… 이것들이 나의 삶을 이루고 있는 거의 전부였던 것이다.

하지만 정말 그게 그녀에게 끌린 이유였을까? 그렇다고 하기에 당시의 나는 그녀에게 지나치게 사로잡혀 있었다. 나는 잠들어 있는 시간을 제외하면 항상 연희에 대해 생각했다. 그녀가 내게 한 말들, 내가 그녀에게 한 말들, 그녀가 내게 말을 건넬 때의 표정, 잠시 생각에 잠겨 있을 때의 얼굴…… 그뿐만이 아니라 나는 일상생활에서 보고 겪는 모든 것을 연희와 연관시켰다. 교문을 들어설 때 교내 방송을 들으며 그녀가 다니는 학교 운동장에 조곤조곤 울려퍼질 그녀의 목소리를 상상해보고, 그녀가 좋아해서 거의 매일 사먹는다는 문어맛 과자를 (그녀가 말한 방식대로) 입안에서 녹여 먹어보고, 봄이 되어 작동하지 않는 라디에이터에 팔을 올리고 그녀도 이런 금속의 차가움을 좋아할까 상상해보고……

그게 아니면, 어쩌면 계절 때문이었을까? 내가 이모 병문안을 간 뒤 그녀의 아파트 단지를 배회하던 그날이 청량한 봄날이었고, 아직 때때로 느껴지는 겨울 공기의 냄새와 잊을 만하면 몇 개씩 떨어져내리는 벚꽃에서 나는 꽃향기가 섞여서 알 수 없이 설레고 그리운 기분이 들게 하는 주말 아침이었기 때문에? 그녀가 사는 동 앞을 서성이며(언제 그녀가 돌아올지 몰라 멀리 가지는 못하고) 봤던 풍경, 작은 행거가 달린 자전거를 타고 세탁물을 배달하던 중년의 남자와, 놀이터에서 오랫동안 숨바꼭질을 하던 아이들과 그애들을 지켜보며 작은 목소리로 이야기를 나누고 있던 젊은 엄마들, 그리고 그들을 둘러싼 평화롭고 깨끗한 풍경과 사랑에 빠져버려서 그러한 마음이 그 세계에 속한 연희에게까지 연결되었던 걸까?

그것이 어디서 비롯되었는지는 몰라도 어쨌든 나는 그녀에게 나의 마음을 표현하고 싶어 안달이 나 있었다. 그러나 그건 불가능했다. 그녀에게는 이미 남자친구(창동인지 어딘지 당시의 나에게는 이름부터 낯설고 아득히 먼 곳처럼 느껴지는 곳에 살고 기타를 잘 친다는)가 있었다는 사실을 제쳐두고서라도, 그때 나는 그녀에 대한 내 감정을 말로 내뱉는 순간 그녀에게 실제와 다른 방식으로 가닿게 될 거라고 생각했던 것 같다. 그건 좋아한다거나 사랑한다거나 하는, 수많은 사람들이 입에 올리는 그런 말이 아닌 실체로 다가가야 할 성질의 어떤 것이었다. 우리가 뭔가가 된다면 그것은 시간을 초월한 무언가, 적어도 전형적인 연애 관계가 아닌 무언가여야만 했다. 나는 그녀에게 이러한 나의 진실된 마음을 입증하기 위해서 그녀와 사귀고픈 마음이 결코 없다는 걸 알려주고 싶어했다. 나는 결코 너와 사귀려는 마음이 없어, 나는 너의 외모나 분위기에 반한 게 아니야, 나는 너를 그저 오롯이 존재하는 하나의 존재로서 사랑하고 있을 뿐이야, 나는 너를 성적 대상으로 보고 있지 않아……

그 방법 중 하나로 내가 택했던 일은, 우습지만 그녀의 남자친구에 대해 이야기하는 일이었다. 나는 연희에게 그녀의 남자친구의 성격이나 취향, 안부 등을 물으면서 그녀와 나 사이의 거리를 재설정하곤 했다. 아이러니하게도 그를 삼인칭으로 두고 나와 이야기를 나누는 연희를 보고 있을 때면 적어도 정서적인 면에 있어서는 나에게도 어느 정도 그녀에 대한 지분이 있는 것처럼 느껴졌던 것이다.

　이런 감정들이 나만의 것이었을까? 나는 하루의 많은 시간을 그녀가 나에게 보인 행동들, 나에게 건넨 말들, 그리고 발화가 일어난 시간, 어조, 분위기, 내가 보인 반응에 대한 또다른 반응들을 되짚어보며 보냈다. 나는 그녀가 보낸 메일을 스무 번씩 다시 읽으며 행간에 있는 의미를 읽어내려 노력했다. 메일을 보낸 시간이 저녁 여덟시인지, 새벽 두시인지에 따라 해석이 달라졌고, 그녀가 나에게 건넨 무의미해 보이는 말들도 당시 내가 연선과 특정 대화를 나눈 이후였다는 사실을 깨달음으로써 완전히 다른 의미로 다가오기도 했다. "넌 진짜 웃겨" "그때 내가 전화받았을 때, 처음 듣는 목소리였는데도 딱 너 같더라" 같은 말들이나, "그건 나중에 알려줄게" "넌 아직 어려서 아무것도 몰라" 같은 일상적인 말들도 그랬다.

　열여덟 살 무렵이면 나와 내 가족들에게 많은 일이 있던 시기였는데, 나와는 달리 우리가 살던 동네에서 꽤 알려져 있던 내 형이 일으킨 크고 작은 문제들을 해결하는 과정에서 종종 갈등이 발생했고, 가끔은 그것이 원래 해결해야 했던 문제보다 더욱 큰일이 되어 있을 때도 있었다. 거기에 정리해고를 당한 사람들에 비할 바는 아니지만 자영업을 하던 우리 가족도 외환 위기의 영향에서 자유롭지 못했으며, 그에 따른 경제적 곤란으로 인해 가족 구성원 모두가 나름대로 힘든 시간을 보내고 있었다. 그런 시기에는 서로 조금씩 이해하고 힘을 합쳐서 어려움을 헤쳐나가는 것이 가장 좋은 방법이었겠으나 우리 가족은 그러지 못했고 전보다 한층 날카로워진 채 상처를 주고받으며 그 시간을 흘려보내고 있었다.

그래서 나는 학원을 마친 후 집에 들어가면 방문을 걸어잠그고 컴퓨터 앞에 앉아서 대부분의 시간을 보냈는데 거기서 내가 하는 일 중 하나는 연희가 PC통신 동호회에 남긴 글을 읽는 것이었다. 그녀는 새비지가든 팬클럽에 가입해 있었고 자주는 아니지만 이따금 글을 남기곤 했다. 주로 다른 회원들처럼 새비지가든의 신곡에 대한 감상을 올렸지만 가끔 게시판 성격에 맞지 않게 개인적인 일기 같은 것을 쓰기도 했는데 그런 글들을 통해 내가 몰랐던 그녀의 일상을 간접적으로나마 엿볼 수 있었기에 나는 가입하지도 않은 동호회에 매일같이 들러 그녀의 글을 기다렸던 것이다. 구체적으로 밝히지는 않았지만 글에는 종종 나로 추정되는 인물이 등장하기도 했고, 길어봐야 두어 줄에 불과했던 그 짧은 언급에서도 나는 나에 대한 그녀의 마음을 확인하려 애쓰곤 했다.

그녀는 내가 그런 글들을 보고 있다는 사실을 몰랐거나, 적어도 모르는 체했다. 나는 그녀의 닉네임을 연선에게 들어서 알고 있었는데, 연희는 내게 그것에 대해서 이야기한 적이 없었기 때문이다.

그러나 지금 생각해보면 그녀는 내가 그녀의 글을 보고 있다는 사실을 알고 있었을 것이 분명했다. 연선은 언니에게 모든 것을 말했으니, 내게 그녀의 닉네임을 알려주었다는 사실 또한 말하지 않았을 리가 없었다. 그러나 우리는 그 많은 대화를 나누면서도 어떤 것들에 대해서는 말하지 않았다. 그녀가 연선에게 내 가족에 대해 들었을 것이 분명하지만 그 일을 한 번도 언급하지 않은 것처럼 나도 그녀의 글들에 대해서 입을 다물었던 것이다. 어떤 사람들은 자신의 비밀을 털어놓으면서 가까워지지만 그녀와 나의 경우에는 드러내지 않음으로써, 그 드러나지 않은 부분들을 각자 자신의 방식으로 메움으로써 서로에게 다가갈 수 있었던 것 같다.

연선과 성준이 사귀게 되었다는 이야기를 들었을 때에는 정기 모임처럼 자주 만나곤 하던 세 명의 독서회는 이미 흔적도 남지 않은 상황이었다. 새학기가 시작되고 성준과 내가 반이 나뉘면서 전처럼 같이 어울릴 기회가 적어지긴 했지만 단지 그 이유만은 아니었다. 그건 꼭 내 의지에서였다고는 할 수 없는 어떤 배려의 결과였는데, 어느샌가 연선과 성준이 둘만 있는 시간을 만들어주기 위해서 내가 그들과 함께 있는 것을 피하게 된 것이었다. 그런가 하면 연선이 나와 연희를 배려하고 있다는 느낌을 받을 때도 있었다. 그때쯤엔 성준도 성준 나름대로 연선이든 다른 무언가에든 정신이 팔려 있는 것처럼 보였고, 그래서 나는 오히려 성준보다 연선과 이야기를 나눌 일이 더 많았다. 가끔 연희의 집 앞까지 찾아갔을 때 마침 귀가중인 연선과 마주치곤 했기 때문이다.

연희와 나는 연선과 성준의 관계가 심상치 않다는 사실을 진작 알고 있었고 두 사람의 관계가 언제까지나 지금까지와 같지는 않을 거라고 생각하고 있었다. 그런데 연희가 성준과 연선이 사귀게 되었다는 이야기를 들었을 때의 반응은 조금 당황스러울 정도였다. 우리가 숱하게 이야기했던 그대로 된 것뿐이었는데도 그녀는 말을 잇지 못했다. 그건 실은 내가 성준에게 그 이야기를 들었을 때와 비슷한 반응이긴 했다. 나도 실제로 그렇게 되었다는 소리를 듣자 잠시 말문이 막혔던 것이다. 그러나 연희의 반응은 더했고, 그녀가 그런 반응을 보이니 나도 덩달아 아무 말도 할 수 없어져 다른 이야기로 주제를 전환하지도 못한 채 우물쭈물 어색하게 대화를 나누다가 전화를 끊고 말았다.

아마도 연희가 그런 반응을 보인 것은 나와 같은 감정에서였을 것이다. 나는 성준과 연선이 사귀게 되었다는 말을 들었을 때 왠지 모르게 작지 않은 수치심에 사로잡혔다. 한동안은 그 수치심의 정체를 안다고 생각하기도 했는데 오히려 지금에 와서 잘 모르겠다는 생각이 든다. 우리는 왜 그들과 우리를 구분하지 못하고 그런 감정에 사로잡혀야 했을까?

그러한 감정은 우리를 더이상 예전처럼 지내지 못하게 만들었고, 점차 그들에 대해 이야기하는 것을 피하게 만들었으며, 우리의 대화에서 많은 지분을 차지하던 주제에 대해 말을 아끼게 되자 자연스럽게 (혹은 부자연스럽게) 연락을 주고받는 횟수가 줄어들게 되었다.

우리는 한참 동안 그 두 사람에 대해 언급하지 않았는데, 다시 그들에 대한 이야기를 꺼낸 것은 기말고사가 끝난 뒤 꽤 오랜만에 함께 양재천변을 걷기 시작해서였다.

밝을 때 걷기 시작했는데 어느새 날은 어둑해져 있었고 우리는 밥도 먹지 않은 채 하염없이 길을 따라 내려가고 있었다. 걷는 도중에 연희가 웃긴 농담을 해서 한참 웃었던 기억은 나는데 어떤 것들이 우리를 그렇게 웃게 했는지는 잘 기억나지 않는다. 곧 우리 둘은 조금 말이 없어졌고, 그녀와 나는 한동안 마라톤 복장을 제대로 차려입고 우리 곁을 달려서 지나가는 노인과 개를 데리고 산책을 나온 사람들을 바라보았다. 그러다가 내가 먼저 그들에 대해 이야기를 꺼냈다.

"연선이는 성준이랑 잘 지내?"

"성준이한테 얘기 듣지 않아?"

나는 요즘 성준과 거의 얘기를 못했다고 대답했고, 연희는 그렇구나, 하는 식으로 고개를 끄덕였다. 그러고 다시 말없이 길을 걷는데 뒤쪽에서 큰 개가 거친 숨을 몰아쉬며 우리 쪽으로 오는 소리가 들렸고, 나는 그녀의 옷소매를 잡아 내 쪽으로 당겼다. 연희는 방금 우리 곁을 스쳐간 젊은 부부의 뒤를 부지런히 따라가고 있는 그다지 크지 않은 스피츠의 뒷모습과 내 얼굴을 번갈아 바라보다가 이렇게 말했다.

"엉망이야."

나는 그 뜬금없는 말에 뭐라고 대답하지 않았다. 그녀는 잠시 후 다시 말했다.

"망한 것 같아."

그녀는 잠시 후에 또 같은 말을 중얼거렸지만 나는 그녀에게 그 말이 무슨 뜻이냐고 묻지 않았다.

지금까지 많은 사람과 관계의 끝을 경험해봤지만, 그 끝이 늘 선명하진 않다. 오히려 절단면을 확인할 수 있는 이별은 거의 떠오르지 않는다. 연희와도 한순간 이별을 맞이한 것이 아니라 조금씩 천천히 멀어졌다. 정확한 시점이 기억나진 않지만 그녀와 마지막으로 얼굴을 봤거나, 마지막으로 연락을 주고받은 이후에도 나나 그녀가 다시 연락을 한다면 특별한 놀라움이나 특별한 반가움 없이도 그것에 응답할 시간들이 있었을 것이다. 그러나 어느 시기가 지나자 이제는 더이상 그러지 못할 것이라는 걸 알게 되었다.

그러기까지 적어도 이 년 정도의 시간이 흘렀던 것 같다. 그동안 그녀가 먼저 대학에 입학했고, 나도 다음해에 그녀와 멀지 않은 대학에 들어가게 되었는데, 나는 그녀에게 합격을 축하한다는 말을 건넸으나 한 해가 지난 후에 그녀가 내게 그렇게 하는 것은 어쩐지 어색한 일이 되었고, 실제로 연락은 오지 않았다. 나는 연희가 연극 동아리에 들어갔다는 소식을 듣고 그녀가 공연을 한다면 언젠가 한번 말없이 찾아가서 그녀를 놀래주고 싶다는 생각을 했으나 결국 그렇게 하지는 않았고, 입학 동기였던 여자아이와 연애를 하게 되면서 한동안 그녀에 대한 생각을 하지 않았다.

그즈음 나는 성준과 연선에 대한 이야기를 나눈 적이 있는데(둘은 일 년쯤 만나다 헤어졌다) 연선과 사귀고 있을 때 연희 커플과 넷이 함께 만난 적이 있다는 말을 들었다. 시기를 헤아려보니 내가 그녀와 양재천변에 갔던 시기와 멀지 않았다. 네 사람이 같이 초밥을 사먹고 노래방에 갔다가 헤어졌다는 이야기를 듣고 나는 왠지 모르게 며칠을 앓다시피 할 정도로 화가 났다.

그 이야기를 듣고 며칠이 지나서 나는 연희의 집 앞으로 찾아갔다. 그녀가 여전히 그곳에 살고 있는지도 확실치 않았지만 나는 몇 해 전처럼 그녀의 가족들이 교회에 다녀올 시간에 맞춰서 그녀의 아파트 단지를 서성였다. 그녀를 마주치면 삼성의료원에 이모 병문안을 왔다가 집에 돌아가는 길이라고 할 생각이었다. 나는 그녀의 휴대전화 번호도 알지 못했기 때문에 하염없이 기다리는 수밖에 없었는데 한 시간 정도 기다리는 동안 자전거를 타고 세탁물을 배달하는 아저씨를 다시 보았고 나는 그게 너무 반가웠다. 나는 연희를 만나면 그때 천변에서 나에게 한 말이 무슨 의미였느냐고 물어볼 생각이었다. 이번에 듣지 못하면 앞으로도 오랫동안 그 말의 의미에 대해 생각하게 될 것 같았기 때문이다.

　나는 놀이터 그네에 앉아 매미 소리를 들으며 시간을 보냈다. 그런데 막상 그녀가 올 시간이 되자 초조해지기 시작했다. 연희가 금방이라도 건물 뒤편에서 모습을 드러낼 것만 같았고, 몇 년이 지나서 그녀에게 그런 질문을 해야 한다는 것, 그녀에게서 내가 원하지 않는 대답을 들을지도 모른다는 것 때문에 두려워졌다.

　시간을 보니 거의 두시 반이 되어가고 있었고, 나는 딱 세시까지만 기다려야겠다고 마음먹었다. 그러나 세시는커녕 두시 반이 되기도 전에 나는 자리에서 일어나 도망치듯 그 평화롭고 깨끗한 아파트 단지를 떠났다.

서로의 나라에서

내가 조아현이라는 이름을 종종 잊어버리곤 했던 것은 그리 신기한 일도 아니다. 나는 그 이름을 까맣게 잊어버린 채 지내다가 어느 순간 다시 떠올리곤 했다. 그때마다 그녀의 아이디를 인터넷 검색창에 써넣었고 어김없이 그녀의 근황을 알아낼 수 있었다. 조아현을 알게 된 건 십 년도 더 전인데 그녀는 그때부터 지금까지 한 번도 어떤 식으로든 온라인에 자신의 소식을 올리지 않고 지낸 적이 없었다.

우리가 처음 만났을 때는 싸이월드가 유행이었기 때문에 그녀는 정성껏 꾸민 자신의 미니홈피 다이어리에 별 내용을 다 올렸다. 그때 싸이월드를 하던 사람들 사이에서는 주로 자신의 감정을 누구도 짐작할 수 없게, 혹은 관련자만 눈치챌 수 있을 만한 추상적인 말로 짤막하게 올려놓는 것이 유행이었지만('그럴 리가' '어쩌면 너도' 같은 도무지 뜻 모를 말들) 조아현은 반대로 온갖 시답잖고 구체적인 것들을 낱낱이 적어놓곤 했다. 그녀는 거기에 목표로 하고 있는 일, 최근의 관심사는 물론이고 그날 아침 먹은 밥, 점심에 마신 차, 저녁에 마신 술은 몇 잔이었고 누구를 만나서 무슨 이야기를 나눴는지까지 시시콜콜 늘어놓았다. "아침. 홍합을 넣은 미역국. 바나나는 원래 하얗다. 점심. 미대 식당 오므라이스. 너무 익은 계란. 혜정이와 커피빈 숙대점에서 아메리카노. 저녁. 먹지 않음. 밤늦게 정인이와 토모야에서 새송이버터구이와 뜨거운 정종." 그리고 가끔은 누군가에게 받은 문자메시지를 그대로 올리기도 했다. "어쩌면 네 말이 맞을지도 몰라. 너는 나보다 기억력이 좋잖아. 그나저나 감기는 이제 괜찮니? 2003.11.26 20:34" 그러다가 네이버 블로그로 옮겨갔는데 나중에는 닷컴 도메인까지 빌려 개인 사이트를 만들어서 게시물을 올렸다. 그다음엔 페이스북이었고 그다음엔 인스타그램이었고…… 두 개 이상의 매체를 이용하는 시기가 겹치기도 했지만 하나둘씩 게시글이 줄어들다가 결국엔 완전히 다른 곳으로 갈아타곤 했다. 요점은 그 일을 멈추지 못했다는 사실이다. 조아현이라는 이름은 흔하지 않은 편이었고 그녀가 사용하는 아이디 또한 쉽게 중복되지 않았기 때문에 나는 그녀가 떠오를 때마다 거의 곧바로 그녀의 근황을 알아낼 수 있었다.

그녀를 처음 만났을 때 나는 이제 스무 살을 넘긴 나이로, 대학에 갓 입학해 자신감이 넘치던 시기였다. 나는 학업에 매진하는 동시에 동서고금의 양서들을 섭렵하고 있었는데 그러면서도 가끔은 머리끝까지 술에 취해 객기를 부림으로써 청춘의 자유분방함을 누리는 것 또한 잊지 않고 있었다. 나는 전도양양한 청년이었으며 미래에 대해서는 아무런 걱정도 하지 않았다. 아니, 아예 미래에 대해서는 생각조차 하지 않았다고 하는 편이 옳을 듯하다. 나는 내게 모든 가능성이 열려 있다고 믿는 한편 어떤 빛나는 청사진에도 시큰둥했다. 당시 나에게 걱정이라고는 학교 선배에게 오십만원 주고 산 낡은 혼다 스쿠터의 시동이 잘 걸리지 않는다는 것뿐이었다. 배터리는 완전히 숨을 거둔 지 오래여서 퀵 페달을 밟아 시동을 걸어야 했는데 평상시에는 그나마 견딜 만했지만 겨울에는 고역이었다. 문제는 날이 추우면 추울수록 더욱 시동이 잘 걸리지 않는다는 것이었고, 그럴 때면 찬바람을 맞으며 수십 번은 발길질을 해야 힘없이 털털거리는 소리를 내며 배기가스를 내뿜기 시작했다. 그럼에도 아직 젊었던 나는 겨울에도 예외 없이 그것을 타고 통학을 했으며 서울 시내를 누비고 다녔다.

조아현과 나는 같은 학교에 다닌 것도 아니고, 함께 알던 친구가 있는 것도 아니었다. 우리는 맥주를 마시다가 그저 우연히 옆 테이블에 앉게 되었는데 그전에도 없었고 이후에도 없었던 나의 호기 때문에 알고 지내게 되었다. ROTC 시험에 떨어져 좌절에 빠져 있던 친구의 기분을 풀어주고 싶었던 내가, 미친듯이 불어오던 한겨울의 강바람을 뚫고 동작대교를 건넌 직후 따뜻한 건물 안에 들어와 노곤해진데다가 방금 전까지 겪었던 무자비한 추위로 인해 약간의 마조히즘적인 조증까지 겹쳐 평소에는 하지 않았을 (심지어 내가 혐오하기를 마지않았던) 짓을 저지르고 말았던 것이다. 나는 옆 테이블에서 자기들끼리 잘 놀고 있던 여자들에게 말을 걸었다. 그렇다고 '저기, 우리랑 같이 놀래요?' 하는 식으로 말을 건넨 건 아니고 그저 불쌍한 내 친구에게 위로의 말씀 한마디만 해주시면 감사할 것 같다고 말했을 뿐이다. 그녀들은 당연히 황당하다는 반응이었고(그곳은 내가 살던 주택가에 있는 프랜차이즈 호프집이었고 결코 그런 식으로 말을 걸기에 적당한 장소는 아니었다) 나 또한 곧바로 내가 무슨 짓을 했는지 깨닫고는 사색이 되었지만 그렇다고 말을 철회하지도 못했다. 다행히 그녀들은 우리에게 헛소리 말고 꺼지라고 해주는 대신에 이렇게 말했다.

"누구나 위로가 필요하죠."

그렇게 말한 것은 조아현이 아니라 같은 테이블에 있던 그녀의 친구였다. 조아현과 그녀는 꽤 친한 편이었지만 집이 가깝지 않아서 자주 만나지 못했고 조아현과 내가 알고 지내던 기간에 둘이 다시 만난 적은 없었다. 그때 조아현의 친구는 어느 정도 취기가 올라 있었던 것 같다. 나와 가까워진 다음에 말해준 것이지만 사실 조아현은 우리와 말을 섞고 싶지 않았다고 했다. 그런 식으로 말을 걸어오는 가벼운 남자들과는 상종도 하고 싶지 않았고 그건 지금도 마찬가지라고 했는데 그럴 때면 나도 그런 일은 그전에도 앞으로도 없을 것이며 그때도 특별히 딴마음이 있어서 그랬던 것은 아니라고 변명하곤 했다.

우리는 한동안 원래 앉아 있던 서로의 테이블에서 이야기를 간간이 주고받다가 한 시간쯤 지난 뒤에야 자리를 붙이고 본격적으로 대화를 나누기 시작했다. 조아현은 나보다 나이가 두 살 많았고 국어교육과를 다니다가 얼마 전에 사회복지학과로 편입했다고 했다. 이후에 무의미한 신변잡기식의 이야기를 나누다가 그녀와 내가 음악 취향이 비슷하고 둘 다 엘리엇 스미스의 열성팬이라는 사실을 알게 된 이후에는 대화가 조금 편하게 이어졌다. 거기다가 알고 보니 그녀는 내 집에서 걸어서 십 분 거리에 살고 있었다(실은 그렇게 엄청난 우연은 아닌 게 그 호프집은 동네 사람이 아니면 절대 들어가지 않을 만한 곳이었다). 나는 내 스쿠터 자랑을 늘어놓으며 그걸 타면 십 분 만에 한강을 보러 갈 수 있다고 했다. "타보고 싶으면 말해. 가르쳐줄게." 나는 그렇게 말했고 그녀는 "내가 그런 걸 탈 것 같니?"라고 대답했지만 결국 나중에 그걸 타고 같이 한강에 갔다.

헤어질 때쯤엔 네 명 모두 취해 있었고 조금 가까워진 우리는 서로에게 이유 없이 악담을 퍼부어대면서 전화번호를 교환했는데 조아현은 내 번호를 저장할 때 이름을 쓰는 대신 아무 버튼이나 눌러서 'ㅑ'라고 입력해두었다. 번호를 저장하긴 하지만 절대 나와 가깝게 지내고 싶은 건 아니라는 뜻이었다. 그러나 그날 이후로 그녀의 미니홈피 다이어리에는 종종 ㅑ라는 이름이 등장했다. "밤. ㅑ와 눈 쌓인 집 앞 놀이터 시소에 앉아 각각 아사히 한 병." "ㅑ와 집 근처에 새로 문을 연 서울시립미술관 분관 전시 관람. 근대 서울 사진전." "점심. 우동 정식. ㅑ는 스쿠터를 타고 학교로."

시작이야 어땠건 간에 조아현과 나는 잘 맞았다. 그녀와 나는 약속을 잡고 만나는 대신 주로 학교 친구들과 한잔하거나 아르바이트를 끝내고 돌아오는 길에 집 근처 놀이터에서 병맥주를 마셨고, 함께 밥을 먹을 사람이 없는 휴일에는 같이 점심식사를 하기도 했다. 조아현은 제주에서 고등학교까지 마친 뒤 대학 때문에 서울로 올라와 오빠와 함께 살고 있었고 나도 원래 집이 경기도라 통학 거리가 멀어 혼자 방배동에 집을 구해 지내고 있었기 때문에 둘 다 동네에 아는 사람이라고는 한 명도 없었던 것이다.

우리는 얼마 지나지 않아 마치 어린 시절부터 알고 지낸 동네 친구마냥 격의 없이 서로를 대하게 되었다. 우리는 응원의 말을 건네는 대신 장난스럽게 상대를 조롱하고, 다정하게 대하는 대신 과장되게 서로를 구박했다. 그러나 그러고 돌아가서 조아현은 다이어리에 "ㅑ는 솔직하다" 같은, 확신할 순 없지만 어딘지 애정이 어려 보이는 글을 올리곤 했다. 아마도 조아현의 미니홈피에 들르는 사람 중에 ㅑ가 누구인지 아는 이는 거의 없었을 것이다. 나도 누군가에게 조아현에 대해서 말하지 않았고, 그래서 우리는 거의 유령 친구나 다름이 없었다.

우리가 한강에 간 것은 그렇게 서로를 알게 되고 두 달쯤 지난 뒤였다. 날이 조금 풀려 바닥에 쌓인 눈이 성가시게 질퍽거렸던 날, 나는 스쿠터를 몰고 조아현의 집 앞으로 갔다. 개강이 얼마 남지 않았을 때였고 겨울도 거의 끝나가고 있었다. 여분의 헬멧을 건넸는데 그녀는 뒷자리에 타지 않고 자기가 운전을 하겠다고 고집을 부렸다.

"절대 네 뒤에는 안 탈 거야."

"스쿠터 몰아봤어?"

"아니, 근데 자전거는 잘 타거든."

몇 번 더 실랑이를 벌인 후에 나는 결국 그녀에게 운전대를 맡기고 뒤에 앉았다. 오십 시시 스쿠터로 넘어져봐야 다리나 부러지고 말겠지, 하는 생각이었다. 그런데 그녀는 처음치고는 운전을 곧잘 했고 오 분쯤 지나서는 휘청이는 일도 없이 능숙하게 스쿠터를 몰았다. 내가 뒤에서 고수부지로 가는 길을 알려주었는데 그녀는 갑자기 동작대교로 방향을 틀었다. 예전부터 강 건너 동부이촌동에 가보고 싶었다는 것이었다. 그녀가 겁도 없이 한강 다리를 건너는 바람에 우리는 계획에 없이 이촌동을 한 바퀴 돌았다. 철길 건널목에서 차단기가 올라가길 기다릴 때 그녀는 중학생처럼 들뜬 기색이었다.

"근데 정말 여기 일본인들이 많이 살아?"

나는 그곳이 일본인 마을이라는 이야기는 들었지만 실제로 그런지는 알지 못한다고 대답했다.

"일본 사람은 한국 사람하고 구분이 잘 안 되니까."

그녀는 고개를 끄덕였다.

"그건 그렇네."

그리고 이렇게 덧붙였다.

"근데 초밥집이 많은 걸 보니 맞는 것 같아."

이촌동은 방배동만큼 사람이 많이 다니지 않아서인지 아직 눈이 녹지 않은 곳이 많았고, 눈을 피해 조심스럽게 스쿠터를 몰다 보니 다시 동작대교 위로 올라왔을 때는 해가 넘어가기 직전이었다. 우리는 스쿠터를 다리 가운데 세우고 차가운 난간에 손을 얹은 채 가장자리가 얼어 있는 강을 오랫동안 구경했다. 그러다 돌아가려고 퀵 페달을 밟았는데 이상하게 아무리 밟아도 시동이 걸리지 않았다. 나는 거의 반시간 동안 끙끙거렸지만 소용이 없었다. 보다못한 조아현이 자기가 해보겠다고 나섰는데 역시 시동은 걸리지 않았고 그러는 동안 해가 완전히 넘어가 한밤처럼 깜깜해졌다. 우리는 결국 스쿠터를 두고 걸어서 다리를 건너기로 했다. 페달을 밟아대느라 흘린 땀이 식으면서 체온이 내려갔는데 강바람까지 불어오니 걷는 내내 온몸이 떨려왔고, 떨림은 다리에서 내려와 택시를 잡아탄 뒤에도 한참 동안 멈추지 않았다. 그날 밤 조아현의 미니홈피에는 이런 글이 올라왔다.

"일본인 마을. 고장난 스쿠터. 얼어죽을 뻔했지만 나쁘지 않았어."

그 일이 있고 난 후 몇 번 정도는 만나서 점심을 먹었고 전화통화도 여러 번 했다. 그런데 어느 날부터 그녀와 연락이 되지 않았다. 메시지도 남겼는데 답이 없었다. 처음에는 메시지를 보지 못한 모양이라고 생각했지만 며칠이 지나서는 그게 아니라는 걸 받아들일 수밖에 없었다. 나를 당황스럽게 했던 것은 그녀의 미니홈피에는 여전히 새로운 글들이 올라온다는 사실이었다. "정인이와 명동 쇼핑. 세번째 슈퍼스타. 저녁. 알리오올리오." "꼬박 일 년 만의 제주. 모슬포 나들이. 육지 사람 다 되었다는 말. 대방어와 멍게." 나는 도무지 이유를 짐작할 수 없었고, 그녀에게 내가 혹시 무언가 잘못한 게 있느냐고 길게 메시지를 남겼지만 역시나 답은 오지 않았다. 그러다 결국 그래, 네가 그러고 싶다면 그렇게 하렴, 어차피 우리가 뭐 그렇게 대단한 사이는 아니었으니까, 하고 포기해버렸다. 사람들은 이유 없이 가까워졌던 것처럼 이유 없이 멀어질 수도 있는 일이라고 생각하면서.

그다음에 우리가 만난 건 십 년이 훨씬 더 지난 뒤의 일이다. 그것도 서울이 아닌 멀고 먼 베들레헴에서였다. 그녀는 오랫동안 그곳에 머물며 무슨 정치활동 같은 걸 하고 있는 듯했다. 나는 이스라엘이나 팔레스타인의 정치적 문제에 대해 제대로 알지도 못했고 유대교나 기독교 신자도 아니었지만 오 년간 다니던 회사를 그만두고 조금 긴 여행을 떠나기로 했을 때 그곳을 목적지로 정한 건 조아현이 거기 있었기 때문이었다. 그렇다고 내가 그 긴 세월 동안 그녀를 그리워하고 있었다거나 그녀에 대해 애틋한 마음을 품고 있었다거나 했던 것은 아니다. 십 년이라는 세월은 간절히 그리워하던 사람마저 잊게 하기에 충분한 시간이니까. 어딘가 낯설고 먼 곳으로 떠나고 싶었는데 어디로 갈지 좀처럼 정할 수가 없었고, 그저 아주 작은 핑곗거리만 있다면 그걸로 족했던 것 같다. 그 겨울 이후로 그녀를 만난 적은 없지만 그녀가 그곳에 있다는 사실은 SNS를 통해서 진작부터 알고 있었다. 가끔은 그녀의 SNS를 염탐하는 걸 그만두고 싶었지만 그럴 수가 없었는데, 그건 그 일이 너무나 손쉬웠기 때문이다. 아주 미미한 호기심이 만들어 낸 최소한의 동력만으로도 그녀의 공간에 들어갈 수 있었고, 나는 버스를 기다릴 때처럼 아주 잠깐 무료해지거나 침대에 누웠지만 곧바로 잠이 오지 않을 때 그녀의 아이디를 스마트폰에 입력하곤 했다.

열 번이 넘는 겨울을 보내는 동안 나에게는 많은 변화가 있었는데, 대학을 졸업하고 직장인이 되었으며 이제는 낡은 혼다 스쿠터 대신에 (역시 낡긴 했지만) 중고로 산 폭스바겐 소형 세단을 타고 다녔다. 궂은 날보다 맑은 날을 좋아하게 되었으며, 네 번의 연애와 네 번의 지지부진한 이별을 겪으면서 회의주의자가 되었다. 나는 조아현이 어떻게 살았는지도 어느 정도 읊을 수 있다. 그녀는 밴쿠버로 어학연수를 다녀왔고 졸업 후 구청에서 사회복지사로 일하다가 한동안 NGO를 통해 짐바브웨에서 자원봉사를 하는 듯 하더니 지금은 팔레스타인에 있었다. 생활비를 어떻게 조달하는지 모르겠지만 이따금 한국에 들어올 때를 제외하면 줄곧 그곳에 머물고 있었고 가끔은 요르단 같은 인접 국가들을 여행하는 듯했다.

사직서를 내고 회사에서 빈둥거리며 항공편을 알아볼 때까지만 해도 나는 그 먼 나라에서 그녀를 만나게 된다는 사실에 조금 들떠 있었는데(그녀가 나를 반길지 그러지 않을지는 알 수 없었지만 그저 지구 반대편에서 아는 사람을 만난다는 것만으로 그런 기분이 되었다) 정작 출발 날짜가 가까워지자 왠지 그곳에 도착하면 그녀에게 연락하지 않게 될 것 같다는 느낌이 들었다. 그곳으로 떠나기로 결정했을 때 상상했던 것들이 모두 허황되고 비현실적인 일처럼 여겨졌던 것이다. 그러나 텔아비브 공항에 도착하자 허황되고 비현실적으로 여겨졌던 일들이 다시 그럴듯한 일처럼 느껴졌다. 착륙 직전, 창을 통해 흰빛을 내는 사막에 선명히 서 있는 종려나무들을 내려다보고 있자니 거기에서는 어떤 일이든 일어날 수 있을 것 같다는 생각이 들기 시작했다. 시내에 접어들어 스키니진을 입고 머리에 키파를 쓴 유대인 청년들과 어깨에 소총을 메고 구불거리는 긴 머리를 쓸어넘기며 넓은 보폭으로 걷고 있는 여군들을 보니 정말로 내가 멀리 떠나왔다는 실감이 났다. 그곳은 내가 살던 곳과 전혀 다른 세계였고, 그러니 그곳에서는 내가 그동안 겪은 것들과 완전히 다른 일들이 일어나야 했다.

갑작스러운 나의 등장에 조아현이 크게 놀라며 반가워하거나 아니면 아예 무시할 거라고 생각했지만 둘 다 아니었다. 도착하자마자 그녀의 인스타그램에 메시지를 남기니 한 시간도 지나지 않아 답장이 왔다.

—안녕. 잘 지냈니? 혹시 지금 이스라엘에 있어?

—응. 정확히는 팔레스타인이지만.

내가 이스라엘에 왔다고 하자 그녀는 자신이 베들레헴에서 지내고 있으며 혹시 그곳에 올 일이 있다면 들러도 괜찮다는 답신을 보냈다.

—그런데 여기 별로 볼 건 없어. 기대할까봐.

조아현은 그렇게 덧붙였다. 그 말은 사실이었지만 나는 베들레헴이 마음에 들었다. 이슬람 문화권을 처음 방문한 나에게는 모든 것이 신기하게 느껴졌고 거기다 예루살렘에서 베들레헴으로 갈 때 반드시 지나야 하는, 거대한 회색 장벽을 통과할 때는 어쩐지 비장한 기분까지 들었다. 베들레헴은 황무지와 목초지로 이루어진 한적한 마을이었는데 목가적인 풍경과 군사적 긴장감, 그리고 예수의 탄생지라는 데서 나오는 어떤 아우라가 묘하게 뒤섞인 곳이었다.

장벽 너머에는 조아현이 마중나와 있었다. 그녀는 마치 태어날 때부터 그곳에서 살아온 사람처럼 보였다. 중동의 햇볕에 얼굴은 자연스럽게 그을려 있었고, 자외선을 가리기 위해 스카프를 히잡처럼 두르고 있어 무슬림처럼 보이기도 했다. 그녀는 내가 무슨 일로 이곳까지 왔는지 궁금해하지도 않았고 자신에게 왜 연락을 했는지 묻지도 않았다. 그저 자신의 고향에 놀러온 옛 친구처럼 반겨주고는 안내를 해주겠다고 했다. "미리 말했듯이 볼거리는 별로 없는 곳이야." 그 말에 나는 걱정할 필요 없다고, 나는 이미 이곳을 좋아하게 되었다고 대답했다. 그녀는 그 말이 마음에 든 것 같았다. 그러고는 자신은 해야 할 일들이 있어서 나 혼자 구경다녀야 하는 날도 있을 거라고 했다.

"여기서 무슨 일을 하는데?"

"여러 가지 일."

"시위 같은 거?"

"아니. 집회는 하지 않아. 우리는 주로 영상을 만들어서 인터넷으로 이곳 소식을 국제사회에 알리는 일을 해. 굿즈를 만들어서 여행객들에게 팔기도 하고."

그녀는 내게 스티커 하나를 건네주었다. 둥근 모양의 손바닥만 한 스티커에는 올리브나무가 그려져 있었고 영어로 '팔레스타인을 팔레스타인에'라고 적혀 있었다. 나는 "멋지네"라고 말했고, 실제로 디자인이 멋지기는 했지만 한편으로는 이게 다 뭐지? 하는 생각도 하고 있었다. 대체 왜 한국 사람이 여기까지 와서 독립

운동을 하고 있는지 좀처럼 이해가 가지 않았다. 팔레스타인에는 정부도 있고 심지어 군대도 있지 않나? 그리고 얼마 지나지 않아 나는 그녀와 뜻을 같이하는 사람들을 만나게 되었는데 그들의 수가 생각보다 많다는 사실에 다시 한번 놀랐다. 그들은 모두 아시아인이었고 주로 대만과 일본에서 온 사람들이었다. 그들을 만난 건 베들레헴에 도착하고 며칠이 지나 볼거리도 할거리도 떨어졌을 참이었다. 조아현은 동료들과 모임이 있는데 괜찮으면 차나 한잔 마시러 오라고 했고 나는 흔쾌히 그러겠다고 했다.

그들은 모두 친절했고 여러모로 흥미로운 사람들이었지만 그들과의 대화가 그리 편한 느낌은 아니었다. 그들은 주로 이스라엘의 만행을 비난하는 이야기들을 했다. 이스라엘 정부가 가자지구를 폭격한 일에 대해, 팔레스타인을 경제적으로 억압한 일에 대해, 성서를 인용하며 영토를 무단 점거한 일들에 대해 분노하면서 전 세계 사람들이 이 사안의 심각성을 알아야 하고 한목소리로 이스라엘 정부를 규탄해야 하며 이스라엘에서 생산하는 모든 제품을 불매함으로써 경제적으로 압박을 해야 한다고 성토했다. 그러다가 몇 번 감정이 격해지기도 했는데 나는 그게 어딘지 연극적이라는 인상을 지울 수가 없었다. 거기다 그들과의 소통에서 나는 몇 번이나 혼란을 겪었다. 모두 언어의 차이에서 온 혼란이었는데 예를 들면 이런 식이었다. 한 일본 여자는 대화 도중 '아사 칸트리'라는 말을 자주 썼는데 나는 대화가 끝나갈 때까지 그가 말하는

'아사'를 일본어 'あさ(朝)'라고 내 멋대로 이해해서 그 말이 (그들이 생각하기에) 해가 떠오르는 아침의 나라인 일본을 뜻하는 모양이라고 오해해(그녀가 말하려고 한 건 'other country'였다) 몇 번이나 상황에 맞지 않는 대꾸를 했고, 또 어떤 대만 남자에게는 국제정세에 대한 관심을 보여야 한다는 왠지 모를 의무감에 "그럼 당신은 티베트에 대해서는 어떻게 생각합니까? 중국에 속해야 한다고 생각하나요?"라는 질문을 했다가 "Yes"라는 대답을 듣고 당황해서 내가 제대로 물은 것이 맞는지, 혹시 영어의 긍정과 부정의 표현 방식이 우리말과 달라서 어딘가 헷갈려버린 게 아닌지 한참 동안 고민해야 했다(그가 무슨 뜻으로 그렇게 대답했는지는 여전히 잘 모르겠다). 여러 차례 이와 같은 혼란을 겪고 나서 나는 그냥 입을 다물기로 했다. 조아현은 꽤 적극적으로 대화에 참여했는데 영어로 말하고 있어서 그런지 그녀는 내가 오래전에 알고 지냈던 사람과 완전히 다른 사람 같았다. 나는 그들과 헤어진 뒤 조아현에게 저 사람들은 맨날 저런 이야기만 하느냐고 물었다.

"매일은 아냐. 다른 이야기를 할 때도 있어."

"어떤 다른 이야기?"

"북한 이야기를 할 때도 있고."

"북한이라고? 저분들 완전 유엔이네."

"그럼 무슨 이야기를 하니? 그것 때문에 모인 사람들인데."

그리고 나는 그들이 헤어질 때 그녀에게 무슨 이야기를 했는지도 물어보았다. 내가 카페에서 먼저 나와 조아현이 그들과 인사를 나누는 걸 기다렸는데, 그동안 그들은 무언가 일을 꾸미는 것처럼 목소리를 낮춰 한동안 속닥거리다가 다같이 어딘가로 사라졌던 것이다. 그녀는 그들이 해시시를 구하러 간 거라고 말해주었다.

"낮에는 세계 평화를 부르짖다가 밤에는 해시시를 피운다고?"

"우리는 세계 평화를 지키려는 게 아냐. 그냥 옳은 일을 조금 해보려는 거지."

내 눈에는 그저 색다른 추억을 쌓고 싶어하는 장기 여행자들로 보일 뿐이었는데, 굳이 말을 하지는 않았다.

그래도 다음날엔 조아현과 함께 통곡의 벽 앞에서 여행자들에게 스티커를 파는 일을 했다. 나는 그녀가 무슨 일을 어떻게 하는지 보고 싶다고 했고, 그녀는 그럼 예루살렘을 구경시켜줄 테니 같이 가자고 했다. 유대인의 성지인 통곡의 벽 앞은 사람들로 북적였다. 벽 앞에서 기도하는 사람들 중에는 유대교 전통 복장을 한 사람들도 많았지만 그렇지 않은 사람들이 더 많았다. 그곳은 종교인이 아니어도 어쩐지 기도를 하고 싶어지는 흘리한 분위기로 충만했다. 아니면 기도를 하고 있는 사람들이 많아서 그렇게 느껴졌는지도 모르겠다. 조아현은 통곡의 벽 앞은 언제나 사람들로 가득차 있어서 이스라엘 경찰을 피해 몸을 숨기기도 용이하다고 했다.

"우리를 잡아 가두거나 하지는 않지만 어쨌든 마주치면 귀찮아

지거든."

　나는 조아현 옆에서 스티커 뭉치를 들고 따라만 다녔고 여행자들에게 말을 거는 것은 그녀의 몫이었다. 그녀는 전에 내게 보여줬던, 올리브나무가 그려진 스티커를 들고 암표상처럼 은밀히 그들에게 다가가 스티커에 새겨진 문구('팔레스타인을 팔레스타인에!')를 속삭였다. 조아현은 그것을 십 세겔에 팔았는데 그건 대략 삼 달러 정도 되는 금액으로, 스티커의 품질에 비하면 터무니없이 높은 가격이었지만 꽤 많은 사람들이 십 세겔짜리 동전을 내밀고 그것을 가져갔다. 그런데 그럴 법도 한 게, 그 스티커는 지구상에서 가장 유명하며 가장 유구한 역사를 가진 영토분쟁이 벌어지는 땅에서, 정의의 편(대체로는 이렇게 생각하니까)에 서서 비밀 정치활동을 하고 있는 이들을 도왔다는 역사적 증거물이었던 것이다. 적어도 구도심의 잡화상들이 파는 어설픈 조각상이나 팔찌 같은 것들보다는 훨씬 훌륭한 기념품이었다.

　해가 조금 기울었을 때 우리는 인도 음식점에서 점심을 먹었다. 발코니가 있는 석조건물 이층이었는데 열린 창을 통해 예루살렘의 성곽이 바라다보여서 경치가 근사했다. 성벽 아래에서는 상인들이 줄을 지어 기념품이나 과일 따위를 팔고 있었고 다양한 피부색을 지닌 사람들이 그 앞을 지나쳤다. 신경질적인 경적 소리와 낮고 경건한 음색의 종소리가 어우러져 하나의 멜로디를 만들고 있었다. 조아현은 메뉴를 보지도 않고 능숙하게 음식을 주문했다.

음식이 나오자 우리는 한동안 말없이 각자 자기 앞에 놓인 음식을 먹었다. 그러다 나는 나도 모르게 입을 열어 이렇게 말했다.

"이상하다."

"뭐가?"

조아현이 물었다.

"이런 곳에서 너랑 인도 음식을 먹고 있는 거."

그녀는 뭐 새삼스러울 게 있느냐는 얼굴로 어깨를 으쓱해 보였다.

"그때하고 풍경이 너무 다르잖아."

"야, 그게 언제 적인데."

조아현이 그렇게 나를 야, 라고 불렀을 때에야 나는 그녀가 내가 아는 그 사람이 맞는다는 사실을 실감할 수 있었다. 그 말을 들은 순간만은 예전처럼 아주 오랫동안 서로를 알아온 친구가 된 듯한 기분이었다. 그래서 나는 그녀에게 그곳에 함께 앉아 있는 그 시간이 내게 얼마나 낯설면서도 친숙하게 느껴지는지 말하고 싶었다. 그러면서 그동안 내가 어떻게 살아왔는지, 오래전 알고 지내던 때와 지금의 나는 얼마나 다른 사람이 되었는지 말해주고 싶었는데, 막상 말을 꺼내려고 보니 그 모든 것들이 너무나 시시하고 진부하게 느껴져서 그만두었다. 그후로 나는 세 번이나 이사를 했어. 그래서? 연애를 했는데 매번 끝이 안 좋았어. 모두는 아니지만 대부분 내가 망쳤지. 시작할 때는 늘 새로웠지만 결과는 헛웃음이 나올 정도로 똑같았어. 그러니? 계속 그렇게 살기 싫어서 회사에서 뛰쳐나오긴 했지만 일은 곧잘 했어. 특히 이사가 나를 좋아했지. 그만둔다고 했더니 세 달 정도 쉬고 오라고도 했어, 거절하긴 했지만. 아, 그리고 이제는 스쿠터가 아니라 자동차를 몰아. 여기 오기 얼마 전에도 그걸 타고 동작대교를 건넜어. 그렇구나……

점심을 먹고는 다마스쿠스 성문 앞에서 스티커를 팔았다. 내가 다윗의 탑을 보고 싶다고 했더니 그녀는 열 장만 더 팔면 그곳에 데려가주겠다고 했다. 그런데 한 장도 채 팔기 전에 제복을 입고 어깨에 소총을 멘 두 남자가 우리에게 손짓을 했다. 그들이 멀찌감치 서서 우리를 지켜보고 있을 때부터 느낌이 좋지 않았지만 조아현이 별다른 반응을 보이지 않았고(분명 그 두 사람을 보았을 텐데), 그들이 웃는 얼굴로 잡담을 하며 우리 쪽으로 다가와 마음을 놓았던 것이다. 두 사람은 우리에게 다가와 손가락을 까딱거려 우리 쪽을 가리킨 뒤 성벽 쪽으로 손가락을 향했다. 그들이 히브리어로 말했기 때문에 무슨 뜻인지 알아들을 수는 없었지만 목소리는 단호했고 잡담을 할 때 보였던 미소도 얼굴에서 완전히 지워져 있었다. 우리가 벽을 보고 서자 그들은 여권과 가방을 압수하고는 그것들을 꼼꼼히 살폈다. 얼떨결에 여권까지 빼앗겨 그들이 가방을 뒤지는 동안 우리는 도리 없이 그곳에 서서 기다리는 것밖에 방법이 없었다. 조아현의 가방을 뒤진 남자는 옆 사람과 잠시 대화를 나누더니 무전기를 꺼내 상대방에게 우리가 알아들을 수 없는 말을 몇 마디 했다. 그는 심각한 얼굴로 이야기를 하는가 싶더니 또 피식거리면서 농담을 하는 것 같기도 했는데, 중간중간 시선을 우리 쪽으로 향하는 것을 봐서 우리를 어떻게 할지 논의하는 듯했다.

"이런 일이 흔해?"

"아니."

조아현은 보통 경고만 하고 돌려보내지 이렇게 잡아두는 일은 처음이라고 했다. 그들은 무전기를 끄고는 마치 우리를 잊어버린 듯 자기들끼리 사담(그렇게 보였다)을 나누기 시작했다. 일이 어떻게 돌아가는지 알 수 없었지만 적어도 우리에게 좋게 돌아가는 건 아니라는 사실은 쉽게 짐작할 수 있었다.

두 사람이 우리에게 별다른 행동을 취하지 않았기 때문에 나는 그들이 누군가를 기다리고 있으며, 그들이 기다리는 사람이 곧 도착해서 우리를 연행하든지 아니면 훈방 조치를 하든지 할 것이라고 예상했지만 한 시간이 다 되어가도록 아무도 나타나지 않았다. 긴장한 채로 한자리에 서 있는 건 고된 일이어서 얼마 지나지 않아 다리가 저려왔고 그리 더운 날씨가 아니었음에도 후텁지근한 기운에 목덜미에서 땀까지 흐르기 시작했다. 나는 조아현에게 물었다.

"여기 언제까지 있어야 할까?"

"나도 몰라."

"우리 어딘가로 끌려가게 될까?"

"모르겠어."

나는 이어서 그들이 누구를 기다리고 있는지, 혹시 그들이 뇌물을 원하는 건 아닐지 그녀에게 물었고, 그녀는 모른다고만 대답했다. 사실 그녀라고 이곳에서 일어나는 모든 일을 알 수는 없을 것이었고 나도 그걸 모르는 바는 아니었지만 그 상황에서 태연하게 다른 주제로 전환을 한다는 것이 부자연스럽게 느껴져 계속 그런 질문을 했던 것 같다. 그러자 조아현은 자기도 이런 상황까지는 처음이라 아는 게 없으니까 그만 물어보라고 짜증이 묻은 어투로 대답하고는 내게 이렇게 되물었다.

"그런데 넌 언제까지 여기 있을 계획이야?"

"나?"

"응, 너."

난 처음에는 사흘 정도만 있다가 떠날 생각이었지만 어디로 떠날지 결정하는 걸 유예하다보니 어느덧 일주일이 넘게 그곳에 머물고 있었고, 그쯤 되어서는 그냥 계획 세우기를 포기하고 아무런 생각이 없어진 상태였다.

"그럼 너는 언제까지 여기 있을 건데?"

라고 물은 것은 딱히 대답할 말을 찾지 못해서였다. 이제 곧 떠날 거라고 할 수도 없었고(사실이 아니었으니까) 그렇다고 더 있겠다고 말하는 것도 (이유는 알 수 없었지만) 적절하지 않은 듯했다.

그래서 그녀의 질문에 대답하는 대신 그렇게 물었던 것이다. 그런데 묻고 나니 실은 여기에 온 뒤부터 쭉 그녀에게 그 질문을 하고 싶었던 것 같다는 생각이 들었다.

"내가 먼저 물었잖아."

"너는 언제까지 여기 있을 건데. 팔레스타인이 독립할 때까지?"

"그게 너랑 무슨 상관이니?"

"여기서 계속 이렇게 살 거야? 평화를 사랑하는 히피들이랑 해시시나 피우면서?"

말하고 보니 문득 떠오르는 것이 있었는데, 우리가 단지 스티커 때문에 여기 붙들려 있는 게 아닐지도 모른다는 생각이었다.

"혹시 저 사람들이 네 가방에서 찾은 거, 해시시 아냐?"

조아현은 잠시 멍하게 있다가 곧 기가 막힌다는 투로 대답했다.

"아니야."

"진짜 아니야?"

"아니야. 너 대체 왜 그래? 그렇다고 해도 그게 너랑 무슨 상관이냐고."

"그럼 그 사람들은?"

"그 사람들이 뭐?"

"네 동료들이랑 너는 이 나라랑 대체 무슨 상관인데? 여기서 뭘 하고 싶은 거야? 이 먼 곳까지 와서 기껏 해시시나 피우면서 유엔

172

놀이나 하고 있는 거 좀 바보 같지 않아?"

그 말을 뱉고 나서 나는 입을 다물었다. 곧바로 내가 괜한 말을 했다는 걸 깨달았기 때문이다. 내 어조가 그렇게까지 공격적이었다고 생각하진 않지만 저렇게 말한 것은 사실이었다. 그녀의 말대로 나와는 전혀 상관없는 일이었을 텐데 나는 마치 내가 그녀에게 그럴 권리가 있는, 그러니까 오랫동안 그녀 곁에 있으면서 진심으로 그녀의 삶을 걱정해왔던 사람이라도 되는 것처럼 그렇게 말한 것이다. 그녀 또한 입을 다물어서 우리는 한참 동안 아무 말 없이 성벽에 기대어 서 있었다. 조아현은 그때 내게 이런 말들을 할 수도 있었을 것이다. 우린 아무 관계도 아니야, 그저 우연히 만나서 한 계절 알고 지낸 것뿐이야, 그것도 술집에서 어쩌다 만난 사이일 뿐이라고. 그러나 그녀는 그렇게 말하지 않았다.

경찰들은 해 질 무렵이 되어서야 우리를 풀어주었다. 나의 기다림과 상관없이 끝내 아무도 나타나지 않았고, 나는 그제야 그들이 우리에게 그저 겁을 주려고 했던 것뿐이라는 사실을 알 수 있었다. 그 대화가 사실상 조아현과 나눈 마지막 대화였다. 베들레헴으로 돌아가는 동안 우리는 거의 대화를 나누지 않았고 다음날 내가 짐을 챙겨 그곳을 떠났기 때문이다.

나는 그뒤로 열흘 정도 남쪽 지방을 여행한 뒤 한국으로 돌아왔다. 얼마간의 휴식을 취한 뒤 다시 직장을 구했고, 금세 전과 같은 삶의 모습을 되찾았다. 그동안 그녀의 SNS를 수시로 방문해 혹시

나에 대한 이야기가 올라오는지 살폈지만 그 어디에도 나에 대한
언급은 없었다. 나와 함께 갔던 인도 식당의 물병을 찍은 사진이
나 통곡의 벽을 배경으로 스티커를 들고 있는 손을 찍은 사진 등
이 올라와 있었지만 ㅑ라는 이름을 발견하지는 못했다. 그렇다고
내가 그녀에게 계속 집착하거나 했던 것은 아니고, 새 직장에 어
느 정도 적응한 뒤로는 다시 한동안 그녀를 잊고 지냈다. 그러다
한두 해가 지나서야 나는 그녀를 다시 떠올려 검색창에 '조아현'
이라는 이름을 입력해보았다. 주로 풍경과 사물을 찍은 사진들과
함께 일상이 담긴 간략한 메모들이 떠올랐다. 그녀는 아직 베들레
헴에 있는 것 같았다.

길을 잘 찾는 서울 사람들

끔찍한 일이 일어났다. 우리는 강변북로를 달리다가 한남동으로 진입하는 대신 한남대교를 건너기 시작했다…… 우리의 구형 SM5는 시속 구십 킬로미터의 속도로 남으로, 남으로 달리게 되었는데 (우리의 미래인) 반대편 차선 위의 차들은 외계인 침공을 피해 뉴저지로 대피하는 이들처럼 옴짝달싹 못한 채 다리 위에 갇혀 있는 상황이었다. 내비게이션은 도착까지 남은 시간을 사 분에서 사십 분으로 조정했는데 그것은 우리의 상황을 생각하면 지나치게 낙관적인 전망으로, 사실상 내비게이션이 미안한 마음에, 그러니까 그럴 수가 없다는 걸 알면서도, 조금만 참아, 금방 도착할 거야, 진짜야…… 하고 일단 안심시켜보겠다는 듯한 느낌이었으며…… 재난 상황이나 다름없는 한남대교를 보고 있으면 우리 차가 압구정동에서 유턴을 한 뒤 다시 다리를 건너와 사십 분 후에 최종 목적지인 순천향대학교 병원에 도착해 있을 거라는 사실을 믿을 수가 없었다.

　문제는 내가 사십 분이 아니라 더이상은 사 초도 견디기 힘든 상황이었다는 것이다. 메마르고 거친 공기 속에서, 헛기침까지 참아내며 굳건한 침묵을 유지한 채로 반시간을 넘게 달려왔고 이제는 한계에 다다라 있었다. 수진은 집에서 나와 운전대를 잡자마자 브레이크 등이 들어오지 않는 차들을 하나하나 지적하며 (평소 나는 그런 차들이 있다는 걸 의식해본 적도 없는데) 이 나라 자동차 정기검사 체계에 저주를 퍼부어댔고, 나는 그녀가 신경질적으로 급정거를 할 때마다 조수석에 앉아 그녀에게 시위라도 하듯 들숨이 다할 때까지 긴긴 한숨을 내뱉었다. 얼마 후에는 화원에 들러 동생에게 가져갈 화분을 차에 실었는데 그 또한 재앙이었던 것이, 뒷자리 바닥에 앉힌 그것은 어떻게 자리를 잡아도 안정적이지가 않아서 차가 움직일 때마다 끄떡끄떡거리며 좌석이며 문손잡이에 끊임없이 부딪혀 시간이 갈수록 짜증이 치솟게 했다. 거기다 냉매가 다 새나가버린 에어컨에서는 미적지근한 바람만 흘러나오는 와중에 늦봄이지만 꽤나 강렬한 햇살은 선팅을 옅게 한 유리를 무참히 뚫고 들어와 차 안을 찜통처럼 만들었고 이너를 입지 않은 셔츠 안쪽에선 등줄기를 따라 땀이 한 방울, 두 방울, 세 방울……

흘러내리기 시작하는데, 한마디로(이미 한마디도 아니지만) 엉망 진창이었다. 정말이지 완전히…… 엉망진창이었다. 그런데 사십 분이라니? 나는 그 자리에서 딱 죽고 싶은 기분이었다.

깊은 슬픔과 회한이 인간의 정신을 과거로 회귀하게 하는 것처럼 어떤 분노는 그 근원을 탐색하게 한다. 나는 집요하게 이 모든 일의 원인을 되짚어보았다. 아침부터 어쩐지 저기압인 수진이 문제일 수 있었지만 생각해보면 먼저 퉁명스러운 투로 말하기 시작한 건 나였다. 하지만 나라고 대단하게 짜증을 부린 건 아니고 평소처럼(평소 언제?) 웃는 낯으로 밝게 말을 건네지 않은 것이 다였을 뿐 말다툼다운 말다툼이나 의견 충돌이 있었던 것은 아니었다. 우리는 잠에서 깨어나 이불 속에서 나온 뒤 냉동실에서 꺼낸 음식들로 대충 아침을 때우고 그 어떤 거리낌도 없이 서로의 앞에서 저 옷을 입었다 이 옷을 벗었다 나갈 채비를 했고 그러는 도중에 특별히 대화는 나누지 않았고…… 그게 다였다. 그렇다면 칼라데아 화분이 문제였을까? 오늘은 최근 발병한 파킨슨병으로 입원 치료를 받고 있는 내 동생을 처음으로 방문하는 날이었고 우리는 병문안 선물에 대해 꽤 많은 대화를 나눴다. 백화점 한 층을 가득 채울 만큼의 다양한 품목이 우리 사이를 오갔지만 이렇다 할 확신 없이 화분으로 결정되었고(말 그대로 결정이 되어'버렸'고) 칼라데아를 고른 것은 나였는데(단지 내가 그 식물을 평소에 길러보고 싶어했다는 이유로) 수진이 나중에야 그것은 병실에서 키우기에 적당한 식물은 아닌 것 같다고 타박하긴 했지만…… 그게 다였다. (내가 산 칼라데아 오르비폴리아는 이파리가 넓고 둥근 관엽식물로, 급수나 채광에 지나치게 신경쓸 필요도 없으면서 오묘한 빛깔과 은은한 광채를 지닌 아름다운 종이었는데 그러거나 말거나 지금은 뒷좌석에 음험하게 몸을 숨기고 내게 죽고 싶은 이유 중 하나가 되어주고 있다……) 말다툼은 없었다. 그렇다면 내게 굳이 '수진과 함께' 이 동쪽 끝(서울 서부에 살며 강변북로를 이용하는 이들에게 한남대교란 그저 동쪽이라는 '방위' 이상도 이하도 아니니까)으로 가라고 한 어머니? 하지만 수진은 그 말이 없었어도 스스로 동생을 찾아갔을 테니까. 그렇다면 끝내 동생을 이해하지 못해서 발병 전까지 그 아이가 원하는 삶을 살지 못하게 했던 아버지? (그리고 뒤늦게 병실을 차지하고 앉아 매 순간 눈물만 흘리고 있다는 그 아버지……) 그것도 아니라면 에어컨 냉매를 보충하려고 찾아간 자동차 공업사의 불친절한 점원, 결국 더는 참을 수가 없어 컴플레인을 걸고 자리를 박차고 나오게 해 느닷없는 더위에 나를 무방비 상태로 내몬 그 무례한 인간?……

나는 이제 남단에 도달해 속도를 줄이고 있는 차 안에 앉아 건너편 차선으로 꾸역꾸역 모여들고 있는 차들을 바라보며 저들은 어딘가에서 길을 잘못 들지 않고 올바른 곳을 향해 가고 있는지에 대해 생각했다. 사람들은 어떻게 알고 길을 잘 찾는 걸까? 한남동에 가려는 사람들은 한남동으로, 압구정동에 가려는 사람들은 압구정동으로. 남으로. 북으로. 서쪽 끝으로. 동쪽 끝으로. 어떻게 화분을 실을 때 그것이 뒷좌석을 건들지 않도록, 의자나 문에 자꾸 부딪히지 않도록 할 수 있을까? 아니 애초에 사람들은 정말로 목적지로 향하고 있기나 한 걸까? 어쩌면 사실은 우리처럼 길을 잘못 들어서 엉뚱한 방향에서 시간과 자기 자신을 죽이면서 속으로 분노를 삭이고 (아니면 삭이지도 못하고) 앉아 있는 거 아닐까? 그래서 뒷좌석에서 신경을 거스르는 화분을 차창 밖으로 던져버리고 싶은 충동을 억누르고 있지는 않을까? 밖으로 던진 칼라데아의 적갈색 토분이 폭발을 일으켜 모든 차들을 이 지옥도에서 해방시켜주고 싶은 기분을 느끼고 있지는 않을까?

그런데…… 우리의 브레이크 등은 잘 들어오고 있을까? 누군가 뒤에서 우리가 급정거를 할 때마다 브레이크 등 좀 고쳐라 이 새끼야, 하면서 욕설을 뱉고 있지는 않을까? 그렇게 분노를 삭이고 (아니면 삭이지도 못하고) (그렇다고 폭발시키지도 못한 채, 뭐랄까, 자동차엔진처럼 내부에서 흡입-압축-팽창-배기를 반복하면서 그냥 어찌할 도리 없이) 앉아 있는 건 아닐까? 그 와중에 내 동생은 사실 칼라데아 화분 따위에 아무 관심도 없(을 테)고, 자신 외에는 아무것도 붕괴되지 않은(/는) 이 세계에서 무기력을 삼키고 (아니면 삼키지도 못하고) (목구멍을 긁어내고 싶을 정도로 메마르고 따가운 침묵 속에서 그저 무기력하게) 우리가 다리를 건너오기를 기다리거나 아니면 영영 남쪽이나 동쪽 끝으로 정체되어가기를 바라고 있는 것 아닐까? 사실 나는 아무것에도 분노하지 않고 그 어떤 것에도 슬퍼하지 않고 있는 것 아닐까? 나는 피가 날 때까지 목구멍을 긁어내고 싶었고 우리는 이제 막 다시 북단으로 향하는 한남대교로 진입했으며 수진은 무슨 생각을 하고 있는지 알 수 없는 얼굴로, 난반사하는 햇빛 때문에 부옇고 아득하게 보이는 한남동 방향을 응시하고만 있었다.

두 사람의 세계

연인이 된다는 것은 두 개의 삶이 하나로 포개진다는 뜻이다. 그러다 결별의 순간이 오면 다시 각자의 삶으로 돌아가게 되지만, 어떤 이들은 그 상태가 너무 오래 지속되어 원래의 삶을 잊어버리거나 혹은 잃어버리기도 한다. 나로서는 상상하기 쉽지 않지만 이영선과 하남영에게도 당연히 서로를 알지 못한 채 개별적인 삶을 살아온 시간이 있었다. 영선이 소형 드릴을 구입하기 위해 공구상가에 갔다가 그곳에서 일하던 남영을 만나기 전까지는 그랬다.

영선은 지방에서 고등학교를 마치고 곧장 서울로 올라와 언니 집에 머물며 구로동에 있는 섬유공장에서 하루 열 시간씩 일했는데, 걸어서 삼십 분쯤 걸리는 공구상가에 가 비품을 사오는 것도 그녀의 일이었다. 막내에게 주어지는 잔심부름 같은 일이었지만 그녀는 작업대에 앉아 손가락 끝에 굳은살이 박이도록 재봉틀을 돌리는 일에서 잠시나마 벗어날 수 있다는 이유로 그 시간을 좋아했다. 두 사람이 처음 만났을 때 특기할 만한 에피소드가 있었던 건 아니었다. 남영이 유별나게 뛰어난 외모를 가졌던 것도 아니고, 그건 영선도 마찬가지였으며, 따라서 둘 중 하나가 다른 사람에게 첫눈에 반했다거나 하는 일은 없었고, 누군가가 재치 있는 말이라도 한마디 던져서 분위기를 친근하게 만들지도 않았다. 드릴 하나를 찾는 데도 한참이나 헤매는 남영을 보면서 영선이 저런 젊은 사람도 여기에서 일하는구나, 하고 생각했을 뿐이었다. 그녀는 그가 언니가 조심하라고 당부한 '유해한 남자'의 범주에 드는지 잠시 자문했지만 쉽게 판단을 내리지 못했다. 낡은 감색 셔츠를 입고 서울 말씨를 쓰는, 당장 가게 문만 나서도 얼굴을 떠올릴 수 없을 게 분명한 흔한 인상의 청년이었다. 그리고 실제로도 그래서 영선이 다시 삼십 분을 걸어 자신의 자리로 돌아왔을 때 그녀의 머릿속에 남은 건 그가 어수룩해 보이던 움직임과는 다르게 역시 공구상가에서 일하는 사람답게 거칠고 투박한 손을 가지고 있었다는 것 정도였다.

서울에 먼저 자리를 잡고 있던 언니는 영선에게 이곳에서는 조심해야 할 게 딱 하나 있는데 그건 바로 여자들의 인생을 망치는 '유해한 남자'들이며, 그리고 절대로 하지 말아야 할 일이 하나 있는데 바로 그들과 연애를 하는 것이라고 했다. "딱 한 번만 잘못 만나도 완전히 신세 망치는 거야." 그러고는 남자를 잘못 만나 인생이 꼬여버린, 꼬여버린 정도가 아니라 회생 불가능한 고난의 구렁텅이에 빠져버린 여자들의 사례를 들려주었다. 언니가 들려주는 이야기는 끝이 없었다. 영선이 그녀의 집으로 들어오게 된 날부터 연숙이니 혜정이니 하는 실명까지 거론해가면서 이야기를 늘어놓더니 가끔 불을 끄고 자리에 누워서도 자정이 넘도록 또다른 여자들의 비극 서사를 열거했고, 때로는 아침식사를 하다가도 아 그런데 내가 경자 언니 얘기는 했던가, 하면서 새로운 불행담을 펼쳐놓았다. 정말 그 모든 일이 이 작은 공단 안에서 일어났단 말이야? 영선은 믿을 수가 없었다.

언니가 들려주는 사례들은 얼핏 각기 다른 이야기처럼 들렸지만 끝까지 들어보면 거기서 거기였다. 연숙이가 사귀는 남자가 도박을 하다가 돈을 크게 잃었는데 그애가 빚을 같이 갚아준다고 평일에는 공장에서 재봉을 하고 쉬는 날에는 파출부 일까지 나가게 된 와중에 엎친 데 덮친 격으로 이제는 임신까지 했다더라⋯⋯ 혜정이는 같이 일하던 청년하고 죽고 못 살더니 주변 사람들의 만류에도 불구하고 어린 나이에 성급하게 결혼까지 했는데 어느 날 그 부주의한 인간이 졸면서 세단을 하다가 자기 손가락을 두 개나 잘라먹어 장애인이 되는 바람에 꼼짝없이 혜정이 혼자 바깥일과 살림까지 모두 도맡아 하게 된데다 얼마 전에는 임신까지 했다지 뭐니⋯⋯ 경자 언니는 다방에서 만난 유부남하고 바람이 났는데 부인이 그 사실을 알게 되어 이혼을 당했고 그 남자가 같이 살 방이라도 구해보겠다고 겨우 쥐고 나온 몇 푼 안 되는 돈은 사기를 당해서 몽땅 날려먹었으며 그 고지식하던 언니가 회삿돈을 횡령해서 야반도주를 했다고 하니 그게 바로 경리가 간밤에 돈 들고 도망쳤다는 그런 흔한 레퍼토리인데, 그다음엔 어떻게 됐다더라, 글쎄 지난달에 임신했다는 소리까지는 들었는데……

영선은 그 이야기들이 인상적이라고 생각하긴 했지만 그건 그때까지 고향에서 살아오며 보고 겪은 삶의 모습과는 다른 서울의 인생들, 그들이 만들어낸 생경한 서사가 흥미롭게 다가온 것일 뿐이었다. 그후로 서울에서 젊은 남자들을 볼 때마다 이 사람도 언니가 말한 '유해한 남자'의 범주에 속하는지 가늠해보는 습관이 생기긴 했으나 그건 이 사람도 그와 같이 역동적인 세계에 속할 만한 인물인지 하는, 서울이라는 대도시에서의 삶을 이방인으로서 지켜보는 이의 가벼운 호기심에 지나지 않았다. 그리고 그녀가 만난 사람 중에서는 그런 이야기의 주인공이 될 수 있을 법한 사람이 보이지 않았고, 그럴 때면 언니의 이야기가 마치 전설이나 구전 민담처럼 실제 삶에는 존재하지 않는 이야기처럼 느껴지곤 했다.

하지만 그렇게 생각했다고 영선이 순진한 여자였다는 뜻은 아니다. 오히려 그녀는 그런 사람들과는 거리가 멀었다. 적어도 고향 아이들 중에서는 계산이 빠르고 영악한 편에 속했다고 할 수 있었다. 고등학교를 졸업하자마자 서울행을 택한 것도 고향에는 미래가 없다고 느꼈기 때문이었다. 그녀의 동창들은 대부분 졸업 후 부모가 하는 일을 배우거나 집에서 출퇴근할 수 있는 일자리를 찾았고 서울에 있는 대학은 물론 지방의 이 년제 대학에 진학하는 아이도 드물었다. 영선의 아버지는 쌀집을 운영하며 다섯 남매를 키워냈는데, 동네에서는 비교적 경제적 여유가 있고 상식적인 사고방식을 가진 편이었지만 자식 교육에 있어서 창의력을 발휘하지는 못했다. 그는 종종 자식들을 불러모아 앉혀놓고 약간의 자부심을 담아 이렇게 말하곤 했다.

"우리집은 남자고 여자고 딱 고등학교까지는 의무교육이다. 그 다음에는 니들 각자 알아서 잘 살아라."

그래서 영선은 몇 년 먼저 서울로 올라와 사글셋방이나마 혼자 살 집도 마련하고 나름대로는 성공적으로 자리를 잡았다 할 수 있는 둘째언니의 길을 따르기로 했던 것이다.

남영에게 먼저 말을 건넨 것도 영선이었다. 물론 전에도 때마다 필요한 대화를 나누긴 했지만 그건 어디까지나 말 그대로 필요에 의한 것이었고 사적인 관계의 시작이라고 할 수 있는, 불필요한 대화는 그녀가 서울 생활에 얼마간 익숙해진 뒤에 이루어졌다. 영선은 서울로 올라온 뒤 두 계절도 채 지나가기 전에 수년간 생산 라인에서 일한 선배들 못지않은 재봉 실력을 갖추었으며, 주말이면 버스를 타고 종로에 나가 한나절 내내 거리를 구경하고 혼자

다방에 앉아 커피도 마실 정도로 그럴듯한 도시인이 되어가고 있었다. 영선이 남영에게 처음으로 건넨 사적인 질문은 당시 남녀가 만났을 때 흔히 주고받던, 세상에서 가장 상상력이 빈약한 사람이라도 곧바로 떠올릴 수 있을 만한 말이었다.

"근데요, 아저씨는 취미가 뭐예요?"

그녀의 물음에 남영은 무심히 대답했다.

"없는데요, 그런 거."

"그럼 주말에는 뭐해요?"

"아무것도 안 해요."

"테레비도 안 봐요?"

"없어요, 테레비……"

그리고 대화는 더이상 이어지지 않았다. 이것이 그들이 나눈 첫 번째 사적인 대화의 전부였다. 한동안 영선은 남영이 일하는 공구상가에 몇 번 들러 철제 자나 작업용 고무판 따위를 구입했지만 별다른 대화는 나누지 않았다. 영선은 심지어 자신이 그에게 말을 건 적이 있었다는 사실도 거의 잊어버렸는데, 그러니 한 달쯤 지나서 남영이 반대로 영선에게 똑같은 질문("거기는 취미가 뭔데요?")을 했을 때 그녀가 이렇게 말한 데에 별다른 뜻이 있었던 것은 아니었다.

"저는 서울 구경이요. 종로도 가고, 남산도 가고…… 언제 한가하면 시내 구경이나 시켜주든가요."

그런데 두 사람은 정말로 어느 주말에 같이 서울 구경을 했다. 나중에 그들은 연인이 되었으니 그날 명동에서 같이 냉면을 사먹고 커피를 마신 것이 그들의 첫 데이트였던 셈이다. 영선이 남영에게 그렇게 말할 수 있었던 것은 그녀가 그에게 특별히 호감을 느끼거나 하지 않았기 때문이기도 했다. 영선이 보기에 남영은 나이가 너무 많았고(나중에 그가 자신보다 여덟 살이 많다는 것을 알게 되었을 때 영선은 예상보다는 나이 차이가 적다는 사실에 조금 안도했다) 서울 사람다운 세련됨이나 남성적인 매력이 있었던 것도 아니었다. 그러나 한 번의 데이트는 두번째로 이어졌고, 두번째는 세번째로, 세번째는 네번째로…… 그렇게 만남이 이어지다보니 그들은 서로에 대해 조금씩 더 알게 되었고, 정이라는 것이 쌓이게 되었고, 어떤 강렬한 감정의 스파크 없이도 둘의 관계는 이제 연인이라는 단어 외에 다른 말로 표현할 수 없는 사이로 진행이 되어 있었다.

나는 종종 누군가가 다른 사람과 연인이 되려면 어떤 요소가 필요한지 궁금해하곤 했다. 영선과 남영에게 그렇게 되었어야만 하는 필연적인 이유가 있다고 볼 수 있을까? 두 사람은 그저 우연히 같은 공간에 있었고, 무심결에 건넨 말에 함께 가벼운 외출을 하게 되었고, 그리고 몇 번의 만남, 그보다 많다고 해봐야 십여 차례 정도의 만남을 가진 뒤에는 서로를 사랑하고 있다고 느끼게 되었던 것이다. 남영이 남영이 아니라 다른 사람이었다면, 영선이 영선이 아니라 전혀 다른 사람이었다면 어땠을까, 그래도 결과는 같았을까? 나는 어쩔 수 없이 이런 생각들을 하게 된다.

서울에서 나고 자란 건 남영이었지만 정작 두 사람이 데이트를 시작한 뒤에 안내역을 맡은 건 영선이었는데, 남영은 영선과 달리 혼자 시내를 돌아다닌다거나 하다못해 집 주변을 산책한다거나 하는 것과는 영 거리가 먼 삶을 살아왔기 때문이다. 그가 원래 가지고 있는 성향 때문인지 아니면 살아온 환경 탓인지 확실히는 모르겠다(아마 둘 다일 것이다). 남영은 일찍 부모를 잃은 바람에 또래 아이들은 중학교에 다닐 나이부터 스스로 생계를 유지하느라 온갖 일로 돈벌이를 했고, 때로는 남들에게 떳떳이 말하지 못할 일들도 해야 했다. 잉여 시간을 여가로 채우지 못하는 그의 성향은 시간이 아주 오래 흘러서도, 수십 년이 지나서도 사라지지 않았다. 그래서 남영이 생계를 유지하는 데 온 에너지를 쏟지 않고 그나마 어딘가로 놀러다니고 했던 것은 생애를 통틀어 영선과 보낸 그 시기가 유일하다고 할 수 있었다.

영선이 공단 사람들의 입에 오르내리는 걸 원하지 않았기 때문에(그녀는 그것이 어떤 일인지 잘 알고 있었다) 시내에 나가지 않을 때에는 주로 하천가를 따라 같이 산책을 했다. 남영과 영선이 처음으로 입을 맞춘 곳도 도림천 상류로 거슬러올라가는 천변이었다. 그때 공기 중에는 어떤 달착지근한 냄새가 감돌고 있었다. 부근에 있던 미원공장에서 글루탐산나트륨을 가열할 때 나는 냄새였는데, 그곳을 지날 때면 밤이고 낮이고 은근한 달콤함과 텁텁한 쓴맛이 함께 느껴지는 오묘한 공기의 맛을 느낄 수 있었다. 그래서 그들이 나눈 키스에서도 그런 맛이 났다.

그날 영선은 언니의 집이 아니라 남영의 집으로 갔고, 두 사람은 좁고 눅눅한 반지하 방에서 몸을 섞었다. 남영의 집에는 역시 텔레비전이 없었고, 텔레비전뿐만 아니라 소설책 한 권, 신문 한 장 굴러다니지 않았으며 그곳을 채운 건 옷가지 몇 벌과 그들에게서 피어나는 열기뿐이었다. 영선은 그와 사랑을 나누면서 벅차오르는 감정을 느꼈다. 그녀를 만지는 남영의 손길은 다소 거칠었지만 누군가에게 욕망되고 있다는 감각은 강렬했다. 그런 감각은 난생처음이었기에 그녀는 그것이 놀랍다고 생각했다. 서로 사랑하고 있다는 사실만으로 이렇게 강렬한 감각을 느낄 수 있다니. 이런 설렘과 긴장과 쾌감이 이처럼 초라한 공간에서 발생할 수 있다니, 게다가 공짜라니! 그것은 지루한 노동을 반복하는 매일을 이어가던 영선으로서는 쉽게 거부할 수 없는 종류의 즐거움이었다. 그리고 그건 그녀에게뿐만 아니라 그곳에 살던 대부분의 젊은이들에게도 마찬가지였을 것이다. 그 시기에 사랑이란 그들에게 가장 강력한, 어쩌면 거의 유일한 엔터테인먼트였을지도 모르겠다고, 나는 생각하곤 했다.

적어도 반년이 넘게 평화로운 시간이 이어졌다. 나이 차이가 많았기 때문인지 두 사람이 다툴 일은 드물었다. 그들 사이에 처음으로 다툼이 일어난 건 영선의 실수 때문이었다. 그러나 영선으로서는 조금 억울할 수도 있는 게, 그녀는 남영이 그 말을 가벼운 농담 정도로 흘려 넘길 것이라 생각했기 때문이다.

영선은 연애 초기의 연인들이 흔히 그러듯 자기들의 시작과 현재의 관계를 되짚어보는 대화를 하다가 주변의 판단이 어떻든 나는 당신에 대해 굳건한 애정을 품고 있다는 것을 증명하기 위해 실은 자신의 언니가 남영과의 연애를, 좀더 정확히 말하자면 남영을 탐탁지 않게 여기고 있다는 사실을 그에게 전했다. 영선은 남영이 그녀의 말을 웃어넘기며 그 말을 굳이 전달한 영선을 장난스럽게 꾸짖고는 나중에 언니를 한번 만나봐야겠다는 식으로 대화가 마무리될 거라고 예상했다. 그러나 대화는 그녀의 예상대로 흘러가지 않았다. 남영은 그것을 웃어넘기지 못했으며, 대신 그에 대해 실은 아는 것이 거의 없었던 당시의 영선으로서는 당황스러울 정도로 싸늘한 어조로 이렇게 말했다.

"그래봐야 지 동생도 여공일 뿐이잖아?"

그의 감정이 어떤 메커니즘으로 그토록 짧은 시간에 그녀(들)에게 그만큼의 적개심을 품게 했는지 알지 못했던 영선은 어떻게 대꾸해야 할지 몰랐는데, 그 혼란스러운 상황에서 영선의 마음에 남은 건 그가 언니를 지칭할 때 쓴 단어였다. 그녀는 남영에게 어떻게 자신의 언니를 그렇게 함부로 부를 수 있느냐고 따졌다.

"아무리 그래도 어떻게 말을 그렇게 해요?"

남영은 영선의 언니가 먼저 자신을 무시하는 말을 했기에 그녀를 존중할 수 없다는 태도를 유지했고, 영선은 자신의 언니를 그렇게 말한 것은 자신 또한 하찮게 여기는 것이라며 그에게 사과를 요구했다. 그렇게 시작된 언쟁은 점차 거칠어졌고, 좀처럼 끝나지 않았다. 그건 그들 사이에는 처음 있었던 방식의 대화였고(그런 것을 대화라고 친다면 말이지만), 두 사람 중 누구도 그것을 어떻게 마무리해야 할지 몰랐다. 연인 사이에 그런 말다툼은 얼마든지 일어날 수 있는 일이었다. 사소한 오해, 가벼운 말실수, 순간의 무심함에서 비롯되는 감정의 충돌. 그러니 그때라도 남영이 감정을 추스르고 그녀에게 사과를 했더라면 그들 사이에 그런 일은 일어나지 않았을 것이다. 그가 그럴 수 있는 사람이기만 했다면, 아마 그뒤에 그들의 삶에 일어난 모든 일은 일어나지 않았을 것이다.

　그는 사과하지 않았고, 점점 고조되는 감정을 어떻게 제어해야 할지 몰랐고, 스스로 침착해지려고 애쓰거나 그녀를 진정시키기 위해 노력하는 대신 더이상의 대화를 거부하고 일시에 그녀를 침묵시키는 수단을 사용했다. 남영은 손을 들어 자신을 몰아붙이는 영선의 뺨을 후려쳤다. 남영의 손은 영선이 처음 그를 보았을 때 느꼈던 대로 거칠고 단단했고, 치밀어오르는 감정을 담아 난폭하게 휘두른 손바닥에 맞은 그녀는 그 자리에 무너지듯 주저앉을 수밖에 없었다. 그 일이 일어난 순간 영선은 자신에게 무슨 일이 벌어졌는지 파악할 정도의 경황도 없었지만 곧 상황을 이해하게 되었는데, 그녀를 놀라게 한 사실 두 가지는 자신이 남영에게 맞았다는 것, 그리고 그에게 맞은 뺨이 너무나도 아팠다는 것이었다. 영선이 쓰러져 일어나지 못하자 남영은 머뭇머뭇 그녀에게 다가가 괜찮으냐고 물었지만 그녀는 고통과 비참함에서 비롯된 울음을 오랫동안 그칠 수 없었다.

영선은 자신에게 일어난 일을 믿을 수 없었고, 믿을 수 없었던만큼 그날의 일을 있는 그대로 받아들이지 못했다. 그것은 잘못된 일이었지만, 그렇기 때문에 도리어 다시는 일어나지 않을, 자신의 부주의에서 기인한 예외적이고 불운한 해프닝일 뿐이었다. 그리고 남영은 다음날 그녀에게 자신을 용서해달라고, 잠깐 정신이 나갔었다며 결코 다시는 그런 일이 없을 거라고 다짐했다. 하지만 결과적으로 그 다짐은 지켜지지 않았다.

처음의 사건 이후 둘 사이에 즐거운 시간이 없었던 것은 아니었다. 남영과 영선은 그 일이 있고 나서도 화해의 과정을 거친 뒤에는 다른 연인들처럼 사랑의 언어를 주고받았으며 그럴 때면 그날의 일은 흐릿해져 그것이 마치 둘이 함께 털어버려야 할 나쁜 꿈처럼 느껴지곤 했다. 몇 개월의 시간이 흐르고 비슷한 일을 여러 차례 겪고 나서야 영선은 처음 그 일이 있었을 때 단호히 그와의 관계를 끝냈어야 한다는 사실을 깨달았지만, 그때쯤에는 그러한 다툼과 폭력과 사과의 사이클이 둘 사이에 하나의 양식으로 굳어져 그것만으로는 완전한 이별의 사유가 될 수는 없는 상황에 이르러 있었다. 한 번을 용서했고, 두 번을 용서했다면, 세 번이라고 안 될 이유가 무엇이란 말인가?

영선 자신보다 그 일을 심각하게 받아들인 건 그녀의 언니였다. 어느 날 엉망이 된 얼굴로 집에 들어온 영선을 본 언니는 그 순간 일어나지 않기를 바랐던 일이 동생에게 일어났다는 걸 알아차렸다. 그녀는 곧바로 영선의 외출을 단속함과 동시에 이미 얘기한 불운한 여자들의 사례를 복기시켜가면서 동생을 설득했지만 일단 한 방향으로 흘러가기 시작한 영선의 감정은 쉽게 정리되지 않았다. 그러나 그동안 숱한 여자들의 불행을 목격해온 영선의 언니 또한 동생을 포기하지 않았고, 나중에는 영선을 집에 감금하다시피 하며 두 사람을 떼어놓으려 노력했다. 남영에게 전화가 걸려오면 영선 대신 받아 더이상 동생을 만나지 말라고 전했는데, 처음에는 꾸짖기도 하고 단호히 경고도 했지만 나중에 가서는 간곡한 호소에 가까워졌다.

"내 동생 좀 그냥 놔주세요. 얘 누구한테 맞아도 되는 그런 애 아니라고요."

영선은 자신을 도와주려는 언니의 마음이 고맙긴 했지만 어떨 때는 조금 심하다고 생각했다. 남영이 때로는 난폭하고, 종종 욱하는 성격을 주체하지 못하긴 하지만 다른 한편으로는 생활력이 강하고 성실하며 오히려 남들은 모르는 다정한 면도 많다고 느꼈기 때문이다. 그래서 언니가 그를 포악하고 잔인하며 여자의 인생을 망가뜨리는 유해한 인간으로 묘사할 때면 영선은 왠지 모르게 자신이 심한 모욕을 당하고 있는 듯한 기분이 되어 애써 그를 변호하곤 했다.

하지만 언니가 고향에 있던 어머니까지 불러들여 교대로 영선을 감시하며 둘을 완전히 떼어놓으려 작정하고 나섰던 어느 날 밤, 술에 취한 남영이 집으로 찾아와 문을 두드리며 영선을 만나게 해달라고 애걸한 그날, 영선은 이제야 시작된 거나 다름없는 자신의 삶이 위험에 처해 있다는 사실을 깨달았다. 남영은 영선이 없는 삶은 상상할 수가 없으니 그녀를 잃는 것보다는 죽는 편을 택하겠다고 소리쳤고, 영선을 내보내지 않으려고 현관을 막아선 언니와 어머니를 사이에 두고 한 시간이 넘도록 대치가 이어졌다. 결국 동네 남자들의 중재와 경찰의 출동으로 소동은 일단락이 되었지만 영선은 남영이 끝까지 손에 쥐고 놓지 않으려 했던 휘발유 통을 쉽게 잊어버릴 수 없었고, 이제는 정말로 그와 완전히 이별해야 한다고 마음먹게 된 것이다.

이야기를 길게 늘어놓고 있긴 하지만, 이 스토리가 전혀 새롭지 않다는 사실은 나도 잘 알고 있다. 솔직히 말하면 나 또한 이 이야기를 계속 이어나가는 일에 회의가 든다. 이런 전형적인 이야기를 늘어놓는 것에 무슨 의미가 있을까? 하지만 나쁜 것들은 대체로 전형성 안에 몸을 숨기기 마련이다. 나는 유구한 역사 속에서 하나의 패턴으로 단단히 자리잡은 불행한 이야기들의 원형, 그 비극 서사의 전형성에 분노를 느끼곤 한다. 아니 그것은 분노라기보다는 무력감에 가깝다. 그럼에도 이 이야기를 계속할 수밖에 없는 건, 이것이 정말로 일어난 일이기 때문이다. 일어난 일은 일어난 일이니까. 그러니 그다음에 일어난 일, 예정일이 지나도 생리가 시작되지 않아 의아해하던 영선이 혹시나 하는 마음에 해본 임신 진단시약 검사가 얼마나 전형적인 결과를 보여줬는지도 이야기하지 않을 도리가 없다. 그건 사실 전혀 놀라운 일이 아니었다. 서울에 올라오자마자 언니에게 질리도록 들었던 일, 공단의 수많은 여자들이 이미 겪은 일, 그저 그런 흔한 일일 뿐이었다.

다행히 영선은 자신의 삶에 드리운 불행의 그림자를 감지하지 못할 정도로 둔한 여자는 아니었다. 휘발유통을 들고 어린 애인의 집에 찾아가 소란을 피우다가 연행된 남영이 감옥에 들어가지 않도록 경찰서를 찾아가 선처를 호소한 게 불과 며칠 전이었던 것이다. 그래서 영선은 임신 사실을 남영에게 알리지 않은 채 언니에게 도움을 청해 함께 병원으로 향했다. 그러나 수술 접수를 한 뒤 언니와 손을 맞잡고 자신의 차례를 기다리던 영선의 마음속에 어떤 망설임이 자라나기 시작했다. 그녀는 상상력이 있는 편이었고, 자연스럽게 자신의 뱃속에 자리잡고 있는 아이의 삶을 상상하게 되었다. 한 사람이 태어나서 죽을 때까지, 그 아득히 긴 세월이 자신의 손에 쥐인 듯한 기분이었다. 그녀는 자신이 쥐고 있는 삶 전체라는 시간의 무게를 체감한 이후로는 제대로 숨을 쉴 수도 없었다.

만약 내가 그 자리에 있었다면 그녀에게 이렇게 말해주었을 것이다. 일단 진정하고 마음을 가라앉히라고, 그리고 더이상 아무 생각도 하지 말라고, 그 순간의 두려움과 죄책감만 이겨내면 이후 당신이 오래도록 겪게 될 일을 겪지 않아도 될 거라고, 그랬다면 가족들에게 축복받지도 못한 채 쫓기듯이 결혼식을 올리지도 않았을 것이고, 세 식구가 살 방 한 칸을 제대로 마련하지 못해 비가 오면 물에 잠기는 반지하방을 전전하는 이십대를 보내지도 않았을 테고, 술을 마시고 들어오면 폭력을 휘두르는 남편을 피해 옷장 안에 숨을 필요도 없었을 것이며, 린치를 당하는 엄마를 멀뚱히 쳐다보고만 있는 어린 아들에게 원망의 화살을 돌렸던 일로 모두가 상처받는 일 또한 없었을 것이라고. 하지만 안타깝게도 나는 그 자리에 있을 수 없었고, 그런 말들을 해줄 수도 없었으며, 그래서 간호사가 자신의 이름을 불렀을 때 마치 유령의 목소리라도 들은 것처럼 화들짝 놀라 언니의 손목을 붙잡고 병원을 빠져나온 그녀를 막지 못했던 바람에, 이 세상에 나오게 되는 일을 피할 길이 없었다.

그렇다고 해서 내 삶이 언제나 불행했던 것은 아니다. 팔십년대를 지나 구십년대에 접어들자 그들은 빠르게 정상 가족의 모습을 갖춰갔다. 노태우 정권이 물러간 뒤 야만의 시대가 일단락되었고,

때를 같이해 (어머니의 말대로 나이가 들어 남성호르몬이 줄어들어서인지 어째선지) 아버지의 폭력 성향도 많이 옅어졌다. 연탄으로 난방을 하는 단칸방에서 벗어나 방 세 개짜리 다세대주택에 입주했으며 소형 승용차를 구입해 주말이면 강릉으로 짧은 여행을 떠나기도 했다. 이전 주인이 삼청교육대에 끌려가는 바람에 우연찮게 인수하게 된 전파사 일로 큰돈을 벌지는 못했어도 세 식구가 그럭저럭 생활을 꾸려나가고 내 대학등록금을 충당하기에 부족하지는 않았다.

대학을 졸업하고 경기도에 직장을 구하며 분가한 뒤로는 그들의 삶에 대해 생각하는 일이 거의 없었다. 결혼까지 하고 나서는 그들과 함께 살아왔던 시간이 더욱 멀게 느껴졌고, 일 년에 두어 번씩 본가에 찾아가 함께 식사를 하고 있을 때면 그들이 내가 두 사람을 떠날 때의 모습 그대로 박제된 채 조금씩 희미해져가고 있다는 느낌을 받곤 했다. 내게는 언젠가부터 종결된 형태로 남아 있던 그들 또한 한때는 앞날이 결정되지 않은 연인 사이일 뿐이었다는 사실을 새삼 깨닫게 된 건 아버지의 갑작스러운 연락을 받고 나서부터였다.

어느 날 아버지가 내게 전화를 걸어 퇴근하고 곧바로 본가 근처로 올 수 있겠느냐고 물었는데, 아버지에게 그런 식의 연락을 받은 건 집을 나온 뒤 처음 있는 일이었기에 나는 회사 일로 여러 가지 바쁜 사정이 있었음에도 군말 없이 그러겠다고 대답했다. 어머니는 내가 직장생활을 하는 사람이라는 걸 아는지 모르는지 회사에 있을 시간이건 아니건 서슴없이 연락해 이모들이 자신을 서운하게 한 일을 하소연하거나 울분에 차서 아버지의 험담을 늘어놓거나 했지만, 그에 반해 아버지는 연락이라는 걸 하는 사람이 아니었다. 집안에 대해 내가 알아야 할 모든 사항은 어머니를 통해서 전해들었고, 때문에 나는 아버지가 평소에 무슨 생각을 하면서 사는지 알 길이 없었던 것이다. 그래서 퇴근 후 차를 몰고 두 시간을 달려 본가로 향할 때만 해도 그가 어떤 말을 할지 좀처럼 짐작을 하지 못했다.

"네 엄마랑 더는 같이 못 살 것 같다."

집을 코앞에 두고 굳이 삼겹살집에 자리를 잡은 아버지는 내가 먹을 고기를 굽고는 한참 동안 말없이 혼자 소주를 따라 마시다가 입을 열었다. 그건 조금 낯선 상황이었는데, 내게 그런 대사를 했던 건 항상 어머니였기 때문이다. "네 아버지랑 더는 같이 못 살겠다." 어린 시절부터 늘 들어왔지만 그건 어머니의 입을 통해서였고, 아버지는 그럴 때마다 가당찮은 소리 집어치우란 식으로 대꾸했을 뿐이었다. 나는 무슨 일이 있는 거냐고 물었고 그는 이렇게 대답했다.

"네 엄마가 예전 같지 않아."

"엄마 말로는 아버지가 요즘 이상하다던데요?"

아버지는 내 말에 대답하지 않고 다시 한동안 소주잔만 비웠다.

하지만 생각해보니 최근 몇 달 동안 어머니의 전화를 받은 기억이 없었다. 그러니까 요즘이라는 건 정확한 말은 아니었던 셈이다. 그 무렵엔 팀에서 새로운 플랫폼 제작을 진행하고 있어 하루가 멀다 하고 미팅이 있었으며 자잘한 페이퍼 워크도 끊이질 않았는데, 사소하지만 중대한 실수를 몇 번 하고 났더니 언젠가부터 제정신을 차릴 수가 없어서 내가 봐도 혼을 반쯤은 어딘가에 두고 다니는 사람 같은 시간을 보내고 있었던 것이다. 아침에 일어나면 날씨 앱을 켜볼 때까지 오늘이 무슨 계절인지도 모를 정도였으니 마지막으로 어머니의 전화를 받은 게 언제인지 기억한다는 건 요원한 일이었다. 사실 아버지의 전화를 받은 날도 그다지 여유로운 때는 아니었기에 나는 다짜고짜 그 먼 곳까지 오라고 한 아버지에게 나도 모르게 조금 화가 나 있었던 듯하다. 그래서 마치 반항기에 접어든 고등학생 아들처럼 퉁명스럽게 이렇게 대꾸한 것 같다.

"그럼 이혼하시겠다는 거예요?"

"네 엄마가 그러고 싶대."

"엄마가 그러는 거야 하루이틀 일도 아니잖아요."

"그런데 이제는 나도 안 되겠다."

그는 의식적으로든 무의식적으로든 중요한 무언가를 피하는 것처럼 머뭇거리면서 이런저런 이야기를 늘어놓았는데, 어쨌거나 요지는 어머니가 아버지를 인간으로서 존중하지 않는다는 것이었다. 그러나 그것은 오랫동안 어머니에게서 들어왔던 말이었다. 아버지는 어머니가 변했다고, 지금의 삶에 만족하지 못한다고도 했다. 그것 또한 어머니에게 항상 듣던 말이었다. 들어보면 새로운 내용은 하나도 없었는데, 달라진 건 어머니에게서만 나오던 말들이 아버지에게서 나오고 있다는 것이었다. 나는 내가 가족이라는 긴밀한 공동체의 일원으로서 수십 년의 세월 동안 지켜봐왔던 이 부부에게 정확히 무슨 일이 일어났는지 알 수가 없었다.

그날 내가 아버지와 함께 어머니가 있는 집으로 들어간 것은 둘 사이를 중재하고자 하는 의도에서였는데, 삼자대면이 파행으로 치달으면서 상황은 정반대로 흘러갔다. 집에 들어가니 어머니는 생활복을 입은 채로 잠들어 있었다. 그녀를 깨워 자초지종을 들어보니 아버지가 내게 연락하게 된 사연은 생각보다 심각했는데, 격렬한 말다툼 끝에 어머니는 한 달 치 약을 그러모아(그녀는 공황장애와 우울증으로 십 년 전부터 다양한 종류의 안정제를 복용중이었다) 자신에게 모든 걸 사과하지 않으면 이 자리에서 약을 먹고 죽어버리겠다며 시위를 벌였고, 급한 마음에 아버지가 손을 쳐서 그것들을 떨어트리자 그녀가 필사적으로 바닥에 흩어진 약들을 주워먹었다는 것이었다. 다행히 집어먹은 약이 아주 많지는 않아서 그저 깊은 잠에 빠져들고 말았던 것 같지만…… 아버지는 어머니가 그런 행동에 나설 수 있다는 사실에 충격을 받은 모양이었다(어머니가 그런 정황에 대해 내게 설명을 할 때에도 아버지는 추임새를 넣듯이 혀를 차며 "제정신이 아니야, 제정신이 아니야"

라고 중얼거렸다). 그러나 나는 어머니가 아버지에게 사과하라고 한 것이 그날의 말다툼에 대해서만은 아님을 알고 있었다.

얘기를 더 들어보니 자살 소동은 어머니가 아버지에게 전면적인 사과와 함께 그동안 살면서 입은 정신적 육체적 피해에 대한 보상으로 오천만원을 요구한 데서 출발한 것이었다.

"내가 당장 이혼해달라는 것도 아니야. 내가 지금까지 어떤 꼴을 당하면서 살아왔는데. 그런데 네 아버지는 고작 오천만원에 손을 벌벌 떨어."

어머니는 아버지가 오천만원을 주면 그 돈으로 시골에 땅을 사려고 했다는 것이었다. 아주 작은 땅이라도 자기만의 땅을 갖고 있다가 떠날 때 나한테 물려주고 싶었다면서. 아버지는 어머니가 무슨 바람이 불었는지 허황된 망상에 빠져 있다며, 그 돈을 가져가면 모조리 써버리고 나서 다시 집으로 쪼르르 들어올 게 뻔한데 차라리 이혼을 하면 했지 돈은 절대 못 준다고 딱 잘라 말했다. 내가 잠자코 지켜보는 동안 두 사람은 끝없이 같은 말만 반복했고, 결국 어머니가 울음을 터뜨렸다. 어머니는 아직 약기운이 가시지 않았는지 서럽게 울면서 어딘지 꿈꾸는 듯한 목소리로 하소연을 했다.

"내가 마음에 안 드는 소리를 하면 네 아버지가 발길질을 했어. 네 아버지가 내 목을 졸랐어. 네 아버지가 가죽벨트를 풀어가지고 채찍처럼 휘둘러서 내 등하고 옆구리를 내리쳤어. 네 아버지가……."

　참다못한 아버지는 갑자기 왜 다 끝난 옛날이야기를 꺼내느냐고 호통을 치다가 더이상 듣지 못하고 방으로 들어가버렸고, 나는 그 자리에 남아서 그녀의 한탄을 들어야 했다. 또 그 소리야? 또 돈 얘기야? 어머니의 이야기를 듣고 있으니 나는 도리어 그녀에게 따지고 싶은 마음이었다. 아버지가 폭력을 휘두르고 난 다음날이면 왜 네 아버지를 말리지 않았느냐고, 이게 다 누구 때문인데 자기를 구해주지도 않고 멍청하게 보고만 있었느냐고 원망을 퍼부어서 나를 오랫동안 죄책감과 무력감에 시달리게 해놓고 이제 와서 나한테 뭘 바라는 거냐고 그녀에게 따지고 싶었다.

　나는 그때 이대로는 이 모든 일들이 끝나지 않을 거라는, 잠시 빠져나왔다고 믿었지만 두 사람이 완전히 이 세계에서 사라지지 않는 한 결코 그들이 이뤄낸 불행의 공동체에서 해방될 수 없을 거라는 절망감에 사로잡혔다. 그리고 그 순간, 나는 내가 해야 할 일이 무엇인지 알게 되었다. 생각해보면 간단한 것이었는데 왜 그동안 깨닫지 못했을까? 그들이 처음부터 해야만 했으나 갑작스럽게 그들 사이에 끼어든 방해꾼 때문에 해내지 못한 일, 어머니가 고통받는 자신을 구하기 위해 나를 원망하는 대신 했어야 하는 일, 내가 그들에게서 떠난 순간 그들이 가장 먼저 실행했어야 하는 일, 바로 그들의 완전한 이별, 모두가 고통받는 이 무익한 공동체를 깨끗하게 해체시키는 일이 바로 내가 해야 할 일이었다. 그래서 나는 방에 들어간 아버지를 불러오고 여전히 울고 있는 어머니를 진정시킨 후 이렇게 말했다.

"어머니 아버지, 제가 도와드릴게요. 내일 같이 법원에 가서 이혼서류에 도장을 찍어요. 두 사람은 안 맞아요. 더 같이 있으면 계속 고통만 받을 거예요. 나이가 들면 외로울 수 있겠지만 이렇게 서로를 미워하면서 사는 것보다는 나을 거예요. 내가 따로 자주 찾아뵐게요. 생일 때마다 선물 들고 찾아갈게요. 설날에는 어머니, 추석에는 아버지, 그다음해에는 반대로. 명절에도 외롭지 않을 거예요. 친구가 얼마 전에 이혼했는데, 괜찮은 이혼 전문 변호사가 있다나봐요. 재산 분할도 내가 다 알아서 할게요. 저는 유산 같은 거 필요 없으니까 앞으로 편히 쓰시면서 사세요."

그리고 실제로 다음날 우리는 아침 일찍 가정법원에 가서 이혼서류를 제출했다. 삼십 년이 넘도록 하지 못했던 그 일을 마치는 데는 삼십 분도 채 걸리지 않았다.

이야기의 진행 내용을 전해들은 지수는 믿을 수 없다는 반응이었다.

"아니, 말리지는 못할망정 어느 자식이 부모의 이혼을 부추겨? 서류 접수까지 대신해줬다고? 어머님 아버님이 끝까지 순순히 따랐어?"

"마지막에 가서는 조금 망설이는 것 같았는데, 내가 이번에도 못하면 다음은 없을 거라고 하니까 결국 그렇게 하기로 했어. 본인들이 먼저 꺼낸 얘기야. 누군가 도와주지 않으면 안 되는 일도 있어. 둘 다 내심 한쪽이 강하게 추진해주길 바랐는지도 몰라. 지금까진 모질지 못해서 그렇게 있었던 거지. 나는 그게 두 사람을 위해서도 나은 결정이라고 생각해."

"그럼 두 분은 지금 어디에 계셔?"

"일단 오늘은 집에 들어갔는데, 숙려 기간 동안 어머니는 제주도에 가 있을 거야. 원래 제주도에 살아보고 싶었대. 나중에 거기 아주 자리를 잡을 수도 있고. 내가 한 달 동안 머물 만한 에어비앤비도 알아봐줬어. 단독주택인데 이층 전체를 빌리는 거야. 사진을 보니까 창가에서 바닷가가 내려다보이더라고. 엄마도 엄청 기대하고 있어."

"……솔직히 난 잘 모르겠어. 어떻게 이럴 수가 있지?"

지수는 원래부터 우리 가족을 잘 이해하지 못했다. 내가 자식이라면 마땅히 챙겨야 하는 것들, 이를테면 생일이라든가, 명절이라든가 하는 것들을 제대로 챙기지 않고, 예순한 살이 되는 때에 맞춰 종합검진을 예약해드린다거나 하는 일을 일절 하지 않는 것에 대해, 그리고 지수와 내가 결혼하고 세 번의 이사를 하는 동안 어머니 아버지가 한 번도 집에 찾아와보지 않고, 우리 두 사람이 어떤 직업을 가지고 어떻게 살림을 꾸려가고 있는지 전혀 관심을 두지 않는 일에 대해 도무지 납득이 가지 않는다는 반응이었다. 그녀의 가족은 누군가의 생일 때마다 빼놓지 않고 시내 레스토랑에 모여 식사를 했고, 명절이면 모여서 만두를 빚은 뒤 볼링을 치러 갔으며, 몇 년에 한 번씩은 돈을 모아 해외로 여행을 다녀오는 삶을 살아왔고, 내가 그들의 새로운 가족 구성원으로서 그 모든 것을 함께하는 것을 당연하게 여겼는데, 그것이야말로 내가 생각했던 정상 가족의 이상적인 모습이었지만 또한 동시에 나에게는 터무니없이 낯설고 기이하게 느껴지기도 했다.

어머니가 제주도에 무탈히 도착했다는 연락을 받은 뒤 나는 다시 한동안 그들의 일을 잊은 채 회사 업무를 쳐내는 시간을 보냈다. 그리고 어느 정도 바쁜 일이 일단락된 후에 아침 일찍 김포로 가서 가장 가까운 시간의 항공편을 끊어 제주도로 갔다. 어차피 법원 출석 일자에 맞춰 올라오기로 되어 있긴 했지만 마치 귀양이라도 다녀온 것처럼 어머니 혼자 짐을 싸서 떠났다가 혼자 돌아오게 하는 게 조금 마음이 쓰였기 때문이다. 그래서 그녀가 돌아오기 전 주말에 맞춰 렌터카를 빌려 운전을 못하는 어머니가 가지 못했을 관광지를 몇 곳 들르기로 했던 것이다.

우리는 가까운 오름에 올라 억새를 구경하고 항구에 가서 해산물 요리를 먹은 뒤 바다가 바라다보이는 널찍한 카페에서 느긋하게 커피를 마셨다. 어머니는 기분이 좋아 보였고, 보는 것마다 예쁘다고, 먹는 것마다 맛있다고 감탄사를 내뱉었다. 어머니는 제주도에 와서 수십 년 만에 처음으로 자유로운 기분을 느꼈다고 했다. 그녀는 내게 며칠 전 버스를 여러 번 갈아타고 유명한 해안 절벽에 올랐는데, 지나온 삶이 너무 허망해서 거기서 뛰어내리고 싶다는 생각을 하며 한참 동안 거품이 이는 바다를 내려다보다가, 막상 정말 그렇게 있다보니 자기는 그 일을 해내지 못할 거라는 걸 알게 되었다는 이야기를 들려주었다.

"그러고 나니까 오히려 이제 정말 하고 싶은 대로 하면서 살아야겠다는 생각이 들더라."

그러고서 어머니는 내 두 손을 맞잡고 진심으로 고맙다고 말했다. 너 아니었으면 정말 못했을 거야. 나 이제 정말 내 삶을 살 거야. 재산 분할해서 내 몫을 받으면, 네 아버지는 비웃지만 시골에 집 짓고 죽을 때까지 정원 가꾸면서 살 거야. 호박이나 고추 같은 거 안 심고, 라일락이랑 해바라기 같은 꽃만 심을 거야. 너 엄마 알잖아, 예쁜 거 좋아하는 거.

나는 진심으로 어머니가 그렇게 살기를 바랐다. 그녀가 정말로 바란 삶이 그것이었는지는 모르겠지만, 적어도 지금까지와 같은 삶을 바란 건 아니었을 것이기 때문이다. 하남영을 만나지 않았더라면, 아니면 그날 모질게 마음을 먹고 병원에서 끝까지 자리를 지켰더라면 이영선이 살았을 삶에 대해서는 이제 알 길이 없지만, 적어도 그녀가 처음 서울에 올라왔을 때 그렸던 인생의 모습은 지금까지와는 많이 달랐을 것이기 때문이다. 나는 어머니가 이번에는 끝까지 마음을 바꾸지 않고, 그녀의 말대로 시골에 근사한 집을 짓고 호박이나 고추 같은 거 말고, 라일락과 해바라기를 가꾸고 살았으면, 그리고 긴 세월이 지나 아버지가 세상을 떠났을 때, 그녀가 그를 그리워하지 않기를 간절히 바랐다.

그러나 나는 그녀가 그러지 않을 것이라는 걸 알았다. 그녀가 그럴 수 있는 사람이었다면, 정말로 그럴 수 있는 사람이기만 했다면 지금까지 그녀의 삶에 일어난 모든 일은 일어나지 않았을 것이다. 그렇다면 나 또한 이 세상에 존재하지 않았을 것이고, 내가 지켜봐야 했던 그 많은 불행한 장면들을 지켜보지 않아도 되었을 것이다. 그래서 일주일 후 서울에 올라온 그녀가 예정대로 법원을 찾아가지 않았다는 이야기를 들었을 때 나는 놀라지 않았다.

나는 그 이야기를 듣고 나서 내가 이제야 그들의 인생에서 완전히 빠져나왔다는 것을, 이제 그 두 사람의 세계에서 나라는 존재가 사라지고 비로소 그들이 직접 선택한 서로만이 남았다는 사실을 알았다. 그것이 모든 가능성을 지닌 채로 온전한 자유 속에서 선택한 것이 아니라고 해도, 그 결과가 자신을 또다시 전형적인 고난과 불행 속으로 밀어넣는 것이라고 해도, 스스로 상상해낼 수 없는 삶을 선택하지 못한 그녀를 누가 비웃을 수 있단 말인가?

해설

신형철(문학평론가)

밤의 연인들을 위한 인생독본 삼부작

신뢰할 수 있는 화자

요즘 정영수 소설의 첫 문단을 읽으면 나는 어떤 안정적인 세계로 입장하고 있다는 아늑한 느낌에 젖는다. 소설의 화자가 이곳은 믿어도 좋은 세계라고 말해주는 것 같다. 소설 이론에 '신뢰할 수 없는 화자'라는 개념은 있지만 반대 개념은 없다. 기본적으로 모든 화자는 신뢰할 수 있는, 신뢰해야 하는 화자다. 그런데 정영수 소설의 화자는 특히 더 신뢰하고 싶어지는, 신뢰하게 되는 힘을 가졌다. 왜일까. 궁리 끝에 도달한 나의 결론은 이것이다. '그들은 배울 줄 안다.' 정말 쉬운 일이 아니다. 어떤 사람 혹은 사건의 제자가 될 수 있다는 것은 말이다. 레비나스의 제자를 자처하는 우치다 다쓰루는 이 경험의 깊은 의미를 이렇게 알려준다. 스승과의 만남은 타자와의 만남이라는 것. 사사師事한다는 것은 나의 이해와 공감을 초월한 차원이 있음을 받아들이는 경험인데, 이를 통해 "자기 자신을 포함하는 풍경을 자신과는 다른 사람의 눈으로 바라보기"[1]에 이르는 일이라는 것이다.

요컨대 배운다는 것은 '타자가 있다'는 사실 그 자체를 배우는 경험이다. 그런데 여기서 중요한 것은 스승의 타자성이 "나로부터 출발해서만 볼 수 있는 그런 타자성"[2]이라는 점이다. 제자는 스승을 '당신을 모르겠다'의 방식으로 만나는데, 거기에 더해, 내가 '나만의 방식으로 모를 때'에만 나의 스승이 존재하게 된다는 것이다. 이를 "아무도 알지 못하는 이 선생의 훌륭한 점을 나만 알고 있다는 오해로부터 사제 관계는 시작하는 것"[3]이라고 요약하면 더 쉬워진다. 고유한 모름에 도달하는 것이 훌륭한 앎이라는 이 역설적 논리는 소설의 화자에게도 그대로 적용될 수 있다. 어떤 화자가 신뢰감을 준다는 것은 그가 잘 배울 줄 안다는 것이고, 그의 능력은 제 무능력을 깨닫는 고유한 방식에 있다는 것. 정영

---

1) 우치다 다쓰루, 『레비나스와 사랑의 현상학』, 이수정 옮김, 갈라파고스, 2013, 32쪽.

2) 에마뉘엘 레비나스, 『전체성과 무한』, 김도형·문성원·손영창 옮김, 그린비, 2018, 173쪽.

3) 우치다 다쓰루, 『스승은 있다』, 박동섭 옮김, 민들레, 2012, 28쪽.

수의 화자들이 그렇다. 이번 소설집의 선두에 배치된 세 편의 소설은 의심의 여지없이 이번 책의 베스트이고, 이 사제師弟의 구조를 공유하는 연작소설처럼 읽힌다.

세 번의 교육

「우리들」의 화자인 '나'는 원래부터가 인생에 즉흥적이고 무책임한 타입이었는데, 첫사랑이었던 연경과의 재결합이 비참한 실패로 끝난 후 도망치듯 간 상하이에서도 일 년을 허송세월하고, 지금은 부모님과 함께 지내면서 자신을 한심해하는 것을 직업으로 삼고 있다. 그런 화자 앞에 한 커플이 나타난다. 자신들의 이야기를 책으로 쓰고 싶다고, 출판사에서 근무한 경력이 있는 당신이 도와달라고 말이다. 뜻밖에도 정은과 현수는 인상적인 커플이다. 자신을 미성숙하다고 느끼는 내게 그들은 "삶에 능숙한 사람들"(12쪽)이자 "진짜 어른의 삶"(22쪽)을 살고 있는 이들로 보인다. 나는 그들에게 빠져들고 그들도 나를 필요로 한다. 가장 아름다운 여름의 날씨를 시간적 배경으로, 해방구 같은 해방촌을 공간적 배경으로 삼아, 셋은 '우리들'이 된다. '그해 여름에 있었던 일'이라는 라벨로 분류하면 좋을 이런 이야기가 흔히 그렇듯이, 이 공동체는 그들의 진짜 현실을 잊기 위해 햇살로 지은 집이어서 가을이 오면 허물어진다는 것을 그들은 아직 모르고 있지만.

이렇게 말할 수 있다면, 화자에게 나타난 것은 정은과 현수라는 이름의 어떤 스승들이다. 나타났다기보다는 발견된 존재들이라고 해야 하겠지만 말이다. 그들에게 각자 배우자가 있다는 사실을 알게 된 이후에도 그들에 대한 나의 애착이 사라지기는커녕 오히려 강화되는 것은 자연스러운 일이다. "그들이 나와 다른 차원의 '진정한' 삶을 경험하고 있다"(27쪽)는 생각까지 하게 되어버렸으니까. 왜 아니겠는가. 앞에서 사제 관계는 오해로부터 시작된다고 하질 않았던가. 그래서 그들은 나를 변화시킬 수 있다. "가능한 한 사실과 가깝게, 할 수 있는 한 진실되게"(13쪽)를 모토로 한 그들의 글쓰기를 나도 모방하기 시작한다. 그들을 보면서 나와 연경의 관계를 떠올리지 않을 수가 없었고, 나 역시 '사실'과 '진실'에 충실한 글을 써 연경에게 보냄으로써, 미성숙하게 처리한 이별을 완성하고 싶어졌기 때문이다. 이를 통해 그가 소망하는 '어른의 삶' 혹은 '진정한 삶'에 이르기 위해서.

그러나 여기까지이기만 했다면 이 소설의 사제 구조는 일차원에 머물렀을 것이다. 정은과 현수의 관계는 어느 날 밤을 기점으로 무너진다. 행복한 기분에 젖어 미래를 기약하는 말을 뱉은 순간 역설적이게도 그들에게는 미래가 없다는 진실이 드러나버린 탓이다. "모두를 미몽에서 깨울 만큼 강력한 주문"(35쪽)과도 같은 말이었다. 두 사람은 글쓰기를 중단하지만 나는 오히려 써야 할 게 많아졌다고 느낀다. '우리들'로부터 튕겨져나온 깊은 상실감을 치유하기 위한 애도의 글쓰기를 해야 하기 때문이다. 그러나 나는 단지 무언가를 잃어버리기만 했을까. 아니, 나는 여름날 해변에 쓴 상상적 진실은 더 진실한 진실에 의해 단숨에 지워진다는 것을 알았고, 인간은 언제나 그해 여름을 돌아보며 제 삶을 해석할 수밖에 없다는 것을 알았다. 이제 나의 글쓰기는 좀 다른 종류의 것이 된다. 꼭 완성하겠다는 것도, 연경에게 보내겠다는 것도 아니다. 그저 나 자신을 위한 묵묵한 행위다. 글쓰기는 삶을 구원하는 수단이 아니라 삶 그 자체의 헐벗은 은유가 되었다. 그럼에도 써야 한다. 그럼에도 살아야 하는 것처럼.

　나는 현수를 만나고 돌아온 후로 우리에 관한 글을 쓰기 시작했다. 물론 그 글 또한 끊임없는 다시 쓰기의 과정만 거칠 뿐 도무지 완성되지 않았고 여전히 그러고 있는 중이지만, 그 일이 나에게는 도움이 된다. (……) 모든 것이 끝난 뒤에 그것을 복기하는 일은 과거를 기억하거나 기록하는 것이 아니라 오히려 재해석하고 재창조하는 일이니까. 그것은 과거를 다시 경험하는 것이 아닌 과거를 새로 살아내는 것과 같은 일이니까. 그러나 읽을 사람이 아무도 없는 글을 쓰는 것은 생각보다 고독한 일이다. (40~41쪽)

이 모든 것은 화자가 그들과 보낸 한 시절로부터 배운 것이다.

그들이 가르친 것이 아니라 그냥 화자가 배운 것이다. 애초 나를 선택한 것은 그들이지만, 그들에게서 스승을 발견한 것은 나이기 때문이다. 그들이 나와는 종류가 다른 사람이라는 강렬한 발견은 그 시절의 나였기 때문에 할 수 있는 것이었다. 이처럼 우리는 우리가 필요로 하는 스승을 우리가 원하는 시절에 만난다. 기적처럼 나타나기 때문이 아니라 우리가 찾아내기 때문이다. 정은과 현수가 정말 '어른의 삶' 혹은 '진정한 삶'을 살았는지를 따지는 것은 의미 없는 일이다. 이럴 땐 가르치는 자의 실패까지도 가르침이다. 성숙한 삶이 얼마나 어려운 것인지를 배우면서 화자는 한 걸음 더 성숙해졌을 것이다. 내가 좋은 사람이 아니라는 것을 깨달을 때 조금 더 좋은 사람이 되는 것처럼. 자신에게 미성숙함이라고는 조금도 없다고 믿는 사람만이 이 화자의 가을을 응원하지 않을 수 있을 것이다.

「내일의 연인들」도 도입부에서 인생의 스승이 필요한 화자의 처지를 알린다. 이십대 후반의 대학원생인, 미래에 대한 전망 없이 오로지 현재만 살고 있는, 그 와중에 최근 연애를 시작한, '정안'이라는 이름의 남자. 그에게 한 통의 전화가 걸려온다. 엄마 친구 딸, 유년기를 함께 보냈고, 오 년 전 '의문'의 결혼식과 함께 멀어진, '선애 누나'의 전화. 선애는 자신이 이혼했음을 밝힌다. 재산 분할을 위해 내놓은 빌라가 아직 팔리지 않고 있으니 괜찮으면 팔릴 때까지 그 집에 들어가 살면 어떻겠느냐는 것. 덕분에 내 삶에는 약간의 전기轉機가 마련되고 그와 더불어 선애에 대한 오랜 '의문'도 되살아난다. 선애는 왜, 사고로 입원했을 당시 자신을 지극히 간호했던 한 남자를 놔두고, 뜻밖의 새 남자와 난데없는 결혼식을 치러야만 했다. 당시 선애를 보며 내가 "어느샌가 그녀가 훌쩍 나와는 다른 세상을 살고 있는 어른이 되어버린 듯"(54쪽) 느꼈다고 말하는 대목은 흥미롭다. 여기서도 역시 화자에게는 어른이냐 아니냐가 문제인 것이다.

그때만이 아니라 지금도 화자는 자신이 미성숙하다고 여긴다. 학부 졸업 후 취직한 곳에서는 "자존감"(59쪽)을 잃었다. 부모의 오랜 불화로 인한 피로, 자신이 그들을 닮았음을 깨닫는 절망도 그를 짓누른다. 그러니 화자의 이런 말은 매우 진지하게 들린다. "나는 좀더 나은 사람이 되고 싶었다."(63쪽) 그가 지원과 연애를 시작하면서 자주 주고받는 말이 "넌 정말 대단해"(58쪽)인 것은 그럴 만한 일이다. 자신이 괜찮은 사람이라는 믿음만이 그를 "구원"(64쪽)할 것이기 때문이다. 다행히 이 연애는 '구원'은 몰라도 그를 '구조'하는 데에는 웬만큼 성공하고 있는 중이다. "나는 그 시기에 그 말이 필요했고, 그녀가 그 말을 제공해주었다는 사실만으로도 충분했기 때문이다."(59쪽) 화자가 선애의 집에서 사랑에 힘입은 구원에의 믿음을 키워나가던 중에 선애 누나의 파경 이유가 궁금해지는 것은 당연하다. 이토록 소중한 사랑의 마음도 결국 휘발되는가, 그래서 이렇게 빈집이 되는가, 그럼 구원은 어쩌고?
다시, 어디서건 스승은 발견되는 것이다.

　석 달 후 나는 선애를 마주하고 궁금한 것을 묻는다. 선애의 답
은 그냥 '어쩔 수 없는' 일이었다는 것. 병상을 지켜준 남자에게
애정과 고마움을 느꼈지만 그것과는 별개로 새로운 남자를 사랑
하게 됐다는 것. "그건 거부할 수 있는 종류의 감정이 아니었어.
살다보면 결코 거부할 수 없는 것들이 찾아오곤 하니까."(69쪽)
그렇다면 그렇게 만난 남편과는 또 왜 헤어졌느냐고 물어봤자 답
은 같을 것이다. 이 대화를 통해 화자는 무언가를 배웠다. 그게 무
엇인지는 알고 싶지 않겠지만 말이다. 그러나 그날 이후 집의 공
기는 미묘하게 달라지고 지원과의 관계에도 타성이 스며들기 시
작했으니 그는 자신이 배운 게 무엇인지 더는 외면할 수 없게 될
것이다. "그런데 그 사람들은 정말 어쩌다 헤어졌을까?"(72쪽) 지
원의 이 물음은 마치 미래의 자신들에게 미리 던지는 질문처럼 들
린다. 지원은 몰랐겠지만 화자는 안다. 그것은 거부할 수 없는 일
이고, 어쩌면 그 일이 우리에게도 일어날 수 있다는 것을.

　왠지 그 밤은 영영 지나가지 않을 것만 같았는데, 그것은 내게
앞으로 다가오거나 다가오지 않을 무수히 많은 행복한 시간들과
외로운 시간들의 징후처럼 느껴졌다. 나는 비스듬히 누운 채 아직
잠들지 않았을 지원의 윤곽을 오래도록 바라보고 있었다. 우리는

어쩌면 그들의 유령이 아닐까, 생각하면서. (72쪽)

그러니까 이 소설도 이렇게 정리할 수 있다. "좀더 나은 사람"이 되고 싶다고 생각하는 한 남자가 "다른 세상을 살고 있는 어른"이라고 생각해왔던 한 여자에게 무언가를 배우는 이야기. 이 소설에서도 역시 스승은 가르친 게 없다. 선애는 자신에게 닥쳐온 인생을 거부하지 못하고 그저 살았을 뿐이니까. 그러나 그런 방식으로 스승은 낯선 자가 되고, 삶의 낯선 부분을 보여주는 자가 된다. 덕분에 나는 자신이 모르는 게 있음을 알게 됐고, 삶에는 배울 수 없는 것이 있음을 배웠으니 된 것이다. 가르칠 수 없음을 가르치고 배울 수 없음을 배운다는 것, 이것은 말장난이 아니다. 이것이 바로 좋은 이야기가 우리를 교육하는 방식이다. 삶을 구성하는 가장 중요한 앎(지식)은 쉽게 말로 전달되지 않는 비명제적 지식에 속한다. 비명제적 지식을 배우는 일은 그냥 그런 것이 있다는 것만을 겨우 배우는 데서 멈추는 일이다. 그런 빛나는 멈춤의 순간을 창조하는 것이 작가의 일 아닌가. 저 젊은 연인들의, 어쩐지 잠들 수 없었던 그날 밤처럼.

「더 인간적인 말」의 부부는 급기야 이혼이라는 가능성까지 염두에 두고 있는 터인데, 이 부부의 문제가 무엇인가 하면, 한번 시작한 논쟁을 결코 멈출 수 없다는 것이다. 연애를 시작할 때만 해도 그들의 "격렬하면서도 다정한 논쟁"은 "일종의 로맨틱한 놀이"(81쪽)였지만 결혼 이후 상황은 달라졌다. 이제 논쟁은 서로에게 깊은 상처를 남기는 결과만을 반복해서 낳고 있다는 것. 그래서 그들은 차라리 입을 다물기로 했고 둘 사이에는 일시적 평화가 찾아온 상태다. 그러나 '말'이란 이 2인 공동체의 "존재의 의미"이자 "사실상 모든 것"(76쪽)이었으니 이 평화는 사실상 죽음의 상태다. 이것은 단지 소통의 실패이기를 넘어선 관계 자체의 실패라고 해야 할 것이다. 연인 혹은 부부의 토론이란 세상을 보는 관점의 개수를 늘려나가는 유용한 일이 될 수 있다. 세상에 절대적 옳음은 없다는 것을, 그리고 나의 옳음보다 너의 있음이 더 귀하다는 것을 잊지 않는다면 말이다. 그것을 잊으면 대화는 승부가 된다. 승부에서는 질 수 없다. 그럴 때 연인 사이의 인정투쟁은 끝이 보이지 않게 격렬해진다.

앞의 두 소설이 그랬듯이 이들 연인에게도 이제 누군가가 나타나야 할 것이다. 그 역할은 화자의 이모 '이연자'의 몫이다. 곧 스위스에 가서 안락사를 감행할 것이며 그 전에 미리 증여의 형태로 유산을 남겨둘 것이니 그리 알라는 소식. 이 통지가 젊은 부부에게 가져온 충격은 클 수밖에 없는데 이 소설이 특히 주목하는 지점은 이것이다. "나와 해원은 이모의 계획을 들은 이후로, 놀랍게도 다른 어떤 일로도 말다툼을 벌이지 않았다."(94쪽) 온갖 윤리적 쟁점을 놓고 벌였던 숱한 토론은 다 무엇이었던가. 상담사가 이들 부부를 나무라면서, 부디 '관념' 말고 '현실'로 대화를 나누라고 했을 때, 그들은 자신들의 토론 소재는 틀림없는 현실이라고 강변하지 않았던가. 이제 분명해진 것은 그들이 토론한 현실은 그들 자신의 현실이 아니라는 것이다. 진짜 현실이 들이닥치자 그들은 할말을 잃는다. 이 소설이 염두에 두고 있는 미성숙은 이처럼 '말'과 '삶'의 영역을 혼동하는 데서 발생하는 종류의 것이다.

우리는 실재적인 것, 우리와 직접적인 연관이 있는 것을 대화 주제로 삼는 일에 익숙지 않았다. 나와 해원은 오히려 관념적인 것, 우리와 먼 것에 대해 이야기하는 쪽이 더 편했다. 우리는 우주의 존재 이유에 대해서는 며칠이고 떠들 수 있었지만 이모의 죽음에 대해서는 그렇지 않았다. 우리는 사형제도에 대해서는 며칠이고 논쟁을 이어갈 수 있었지만 이모가 자신을 죽이는 일에 대해서는 입을 열지 못했다. (90쪽)

죽겠다는 사람의 말은 이렇게나 간단하다. "내가 그러고 싶기 때문이다. 지금 그렇게 하고 싶기 때문이야."(90쪽) 당연히 제자는 이해할 수 없으며 심화 교육이 이루어져야 한다. 그래서 이모는 힌트가 될 만한, 젊은 날 스페인에서 겪은 일화를 들려준다. 「우리들」에서 정은이 그러했고, 「내일의 연인들」에서 선애가 그랬듯이, 지금 이모는 결정적인 이야기를 시작하려 한다. 멋진 이야기, 세상에는 그런 것이 있다. 지금 우리가 예고된 죽음 앞에 서 있음을 잠시 잊는다면, 이모의 이 이야기는 멋진 이야기다. 이런 이야기는, 가장 중요한 곳에 보존돼 있다가 가장 중요한 시점에 독자에게 건네지는, 이야기 속 이야기다. 그것은 마법사의 투명 구슬 같은 것으로서 그것에는 한 소설의 영혼이라고 할 만한 어떤 것이 보존돼 있다. 이 구슬은, 그것을 들여다보는 사람을 그대로 되비춤으로써, 무언가를 내놓는다. 그것이 필요한 줄도 모르면서 필요로 하고 있었던 사람이 자신에게 절실한 방식으로 그 무언가를 가져갈 것이다.

화자는 그 구슬에서 이런 메시지를 얻었으리라. 삶은 게임이 아니지만 뜻대로 안 되기는 마찬가지라는 점에서 "신"(95쪽)의 존재를 생각하게 한다는 것, 그리고 그런 삶에서 내가 무언가를 결정하려면 그야말로 "용기"(100쪽)가 필요하다는 것. 말로 세상을 다 살아낸다고 믿었던 화자가 이 깊은 가르침을 어떻게 단숨에 소화할 수 있겠는가. 그러니 스위스에서 이모와 마지막으로 인사를 나눈 후 이들 부부가 "말하는 법을 잃은 사람들처럼"(102쪽) 입을 다물고 서 있는 것은 너무도 당연하다. 그래서 작가는 섬세하게도 '잊은'이 아니라 '잃은'이라고 적었을 것이다. 그것은 노력하면 떠올려지는 것이 아니라 다시 처음부터 배워야 하는 종류의 것이다. 그리고 다시 입을 열면 그들의 말은 (이 소설의 제목처럼)

'더 인간적인 말'이 될 수 있을까. 만약 그렇게 된다면, 이 소설 역시 이렇게 정리할 수밖에 없다. 가르치는 줄도 모르고 가르친 사람과 배우는 줄도 모르고 배운 사람이 있었다고, 그리고 이것은 제가 아는 현실이 전부라고 생각한 어느 미숙한 연인이 한 인간의 죽음을 통해 힘겹게 얻은 성숙의 기회라고 말이다.

소설이라는 무지한 스승

이것은 저 멋진 소설들을 읽는 한 가지 방식에 불과하겠지만 이런 이유로 내게는 이 세 편이 삼부작처럼 보였다. 1인칭 화자가 있다. 그는 연인이 있었거나(「우리들」), 있거나(「내일의 연인들」), 그를 잃을(「더 인간적인 말」) 예정이다. 그는 자신이 미성숙하다고 여기며 더 좋은 사람이 되고 싶어한다. 그래서 그는 스승을 만나야 하고 결국 찾아낸다. 다행히 그는 신뢰할 수 있는 화자다. 제 무지에 도달하는 고유한 길을 찾을 줄 알고, 배운 게 무엇인지 감히 말하지 않을 줄 안다는 점에서 그렇다. 좀더 일반화해도 된다면, 좋은 소설 속에는 언제나 사제 관계가 있다. 소설은, 스승과 제자를 제 안에 품고 있는, 그런 스승이다(그렇지 않다면 왜 소설을 읽어야 한단 말인가. 적어도 나는 소설을 제자로 삼기 위해 읽어본 적은 없다). 그러나 소설은 가르칠 수 없는 것을 가르칠 수 없다고 말하면서 가르치는 스승이다.[4] 아마 이 책의 저자는 제 안에 제자는 있어도 스승은 없다고 겸손하게 부인할 것이다. 표제와 표지의 연인들은 그가 그 자신이라고 생각하는 제자의 표상일 것이기 때문이다.

오, 그리고 밤이 있다.

세계 공간을 가득 메운 바람이 우리의 얼굴을 파고드는 밤,

그리움에 기다려지고, 가벼이 실망을 안기며, 모두의 가슴마다에 고통스레 다가서는 밤.

그런 밤은 누구에게나 있으리라.

연인들이라면 그러한 밤도 조금은 견디기 쉬울까?

아, 그들은 다만 서로의 운명을 숨기고 있을 뿐이다.

너는 '아직도' 그것을 모르는가?

두 팔로 움켜 안고 있는 그 공허를 우리가 숨쉬는 공간 속으로 내던져라.

그러면 새들은 아마 더 넓어진 그 대기를 한결 정겹게 날갯짓하며 느끼리라.

---

4) 그러니 이 스승도 (랑시에르의 표현을 빌리자면) '무지한 스승'이라고 할 수 있을까. "어떤 앎도 전달하지 않으면서 다른 앎의 원인이 되는 스승"이라는 점에서 말이다. 자크 랑시에르, 『무지한 스승』, 궁리, 양창렬 옮김, 2008, 33쪽. 역자의 주.

―「두이노의 비가―제1비가」⁵⁾ 부분

　표제와 표지를 보며 나는 이 시를 떠올린다. 정영수의 실패한 (실패할) 연인들, 그들은 자신을 미성숙하다고 느끼며 더 좋은 사람이 되고 싶어하는, 소설을 통해서라도 그래보려 애쓰는 우리 모두의 초상이다. 아마도 같은 대상을 릴케는 위와 같이 묘사했으리라. 그러니 저 연인들도 (「내일의 연인들」의 마지막 장면에서처럼) 밤 한가운데에 놓여 있는 것이다. 충분히 성숙하는 데에는 영원히 실패할 수밖에 없는 것이 인간의 운명임을 깨닫는 막막함이 릴케가 생각하는 밤의 본질이다. 혹시 연인들이라면 그 밤을 견디기 쉬울까? 릴케는 아니라고 말한다. "그들은 다만 서로의 운명을 숨기고 있을 뿐"이라고, 그러니까 서로에 의지해 제 삶의 실상을 외면하고 있을 뿐이라고. 그들이 껴안고 있는 것은 "공허"일 뿐이니, 그것이 공간 속에 섞이면 새들이 날아다닐 "대기"가 더 넓어질 것이라는 시인의 말은 너무 차갑다. 그러나 정영수의 소설은 왜 차갑지 않은가. 성숙해지려는 마음은 차가울 수 없는 것이기 때문이다. 그러니 그는 조금도 가르치려 들지 않았지만, 우리는 얼마나 중요한 것을 배운 것인가.

---

5) 릴케, 『두이노의 비가』, 손재준 옮김, 열린책들, 2014, 400쪽. 번역문의 행 배열을 임의로 조정했다.

작가의 말

요즘은 우주에 대한 생각을 자주 하는 것 같다. 수천억 개의 별로 이루어진 수천억 개의 은하와 또 그 사이에 놓인 수천억 개의 까마득한 간격들…… 가만히 누워서 마음속으로 그 공간의 크기를 가늠하다보면 내가 사라지기 직전까지 작아지는 듯한 기분이 된다. 상상 속에서 우주의 한구석에 나를 두고 "나는 아무것도 아니다. 나는 우주의 먼지다……"라고 되뇌다보면 스스로가 하찮아지면서 마음이 조금은 편해지는데, 무엇에서 도망치고 싶어서 자꾸 이런 생각을 하는지는 잘 모르겠다.

그런가 하면 우주의 구성 물질에 대해서 생각할 때도 있다. 수소와 헬륨이 우주를 구성하는 원소 중 구십구 퍼센트 이상을 차지한다는 이야기를 듣고 나서부터인 것 같다. 삶의 구성 성분도 그렇지 않을까, 생명을 유지할 수 있도록 하는 물질이 우주에 극히 미량뿐이듯 삶을 이어가게 하는 것들도 우리의 인생에서 아주 작은 비율로 존재하는 어떤 감정들이 아닐까, 하는 약간은 허황된 생각들도 종종 하곤 한다. 나는 자연물 은유를 좋아하지 않는 편인데 이런 생각을 하는 걸 보면 나도 그렇게 세련된 사람은 못 되는구나 싶다.

사실은 그보다 좋은 소설이란 무엇일까, 하는 생각을 더 자주한다. 독자로서 그동안 좋은 소설들을 많이 만나보았고, 독서라는 정신적인 행위가 물리적인 충격으로 다가오는 경험을 하기도했다. 나도 그런 소설을 쓰고 싶었다. 그리고 이제 나도 책을 내는어엿한 프로 소설가로서 이 책에 실릴 글을 쓰면서 이 소설들이읽는 이에게 독자적으로 존재하는 온전한 이야기로서 다가갔으면 하는 마음이 있었다. 그 이야기들이 나라는 개인보다 독자들에게 더 큰 의미가 되었으면 했다. 내 모든 삶의 경험, 모든 독서 경험이 그저 단 하나의 좋은 소설로 환원되었으면 하는 것이 소박한바람인지 아니면 지나친 야심인지는 잘 모르겠지만.

그런데 책을 내기 위해 소설들을 모아놓고 보니 어쩔 수 없이이 이야기들은 그 누구보다 내게 큰 의미가 있었던 것 같다.『내일의 연인들』에 실린 소설들 속에는 내가 지나온 시절들이 고스란히남아 있었다. 시간이 지나면서 많은 것이 희미해졌지만 이 이야기들에는 그때의 감정과 고민들이 스스로도 낯설게 느껴질 정도로 선명하게 각인되어 있다. 프로답지 않은 생각일지 모르겠지만 아주 오랜 시간이 지난 후에 내가 또 잊어버릴 지금의 무언가를 확인하기 위해서라도, 소설을 더 쓰고 싶다는 생각을 했다. 그러나 다른 한편으로 이 이야기들에 담긴 시간들이 나만의 것은 아니라고 생각하기도 한다. 나는 지극히 평범한 사람일 뿐이고, 이 소설들에 담긴 감정들 또한 무수히 많은 사람이 이미 느껴봤고, 앞으로도 느낄 보편적인 것일 뿐이라는 사실을 모르지 않는다. 그렇기 때문에 앞으로도 조금은 마음을 놓고 내가 느끼는 것들에 대해 써보려고 한다.

영원히 남을 글을 쓰고 싶다고 생각한 적도 있었는데 요즘은 지금을 사는 사람들과 무언가를 나누고 싶다는 마음으로 쓴다. 문학이라는 언어로 나누는 대화가 우리를 조금은 덜 외롭도록 해준다는 것을 알게 되었기 때문이다.

2020년 가을
정영수

| 수록 작품 발표 지면 |

우리들 …… 『21세기문학』 2018년 가을호

내일의 연인들 …… 『자음과모음』 2019년 여름호

더 인간적인 말 …… 『문학동네』 2017년 겨울호

무사하고 안녕한 현대에서의 삶 …… 웹진 『비유』 2018년 9월호

기적의 시대 …… 『현대문학』 2019년 2월호

서로의 나라에서 …… 앤솔러지 『서로의 나라에서』(은행나무, 2018) 수록작

길을 잘 찾는 서울 사람들 …… 웹진 『월간윤종신』 2018년 5월호

두 사람의 세계 …… 『문학과사회』 2019년 겨울호

문학동네 소설집
내일의 연인들
ⓒ정영수 2020

1판 1쇄 2020년 10월 20일
1판 7쇄 2024년 4월 19일

지은이 정영수
책임편집 강윤정 | 편집 이재현 홍유진
디자인 김이정 유현아 | 저작권 박지영 형소진 최은진 서연주 오서영
마케팅 정민호 서지화 한민아 이민경 안남영 왕지경 정경주 김수인 김혜원 김하연 김예진
브랜딩 함유지 함근아 고보미 박민재 김희숙 박다솔 조다현 정승민 배진성
제작 강신은 김동욱 이순호 | 제작처 한영문화사

펴낸곳 (주)문학동네 | 펴낸이 김소영
출판등록 1993년 10월 22일 제2003-000045호
주소 10881 경기도 파주시 회동길 210
전자우편 editor@munhak.com | 대표전화 031) 955-8888 | 팩스 031) 955-8855
문의전화 031) 955-2696(마케팅) 031) 955-2678(편집)
문학동네카페 http://cafe.naver.com/mhdn
인스타그램 @munhakdongne | 트위터 @munhakdongne
북클럽문학동네 http://bookclubmunhak.com

ISBN 978-89-546-7537-6 03810
• 이 책의 판권은 지은이와 문학동네에 있습니다.
  이 책 내용의 전부 또는 일부를 재사용하려면 반드시 양측의 서면 동의를 받아야 합니다.
• 이 책은 2017년 한국문화예술위원회 한국예술창작아카데미사업의 지원을 받았습니다.

잘못된 책은 구입하신 서점에서 교환해드립니다.
기타 교환 문의: 031) 955-2661, 3580

www.munhak.com